若頭補佐 白岩光義　東へ、西へ

浜田文人

幻冬舎文庫

若頭補佐　白岩光義　東へ、西へ

目次

【主な登場人物】

白岩《しらいわ》　光義《みつよし》　（四六）　一成会《いっせいかい》若頭補佐　二代目花房《はなふさ》組組長

入江《いりえ》　好子《よしこ》　（四五）　花屋の経営者

門野《かどの》　甚六《じんろく》　（六五）　一成会　事務局長

石井《いしい》　忠也《ちゅうや》　（四五）　同　直系若衆

金古《かねこ》　克《まさる》　（四四）　同　同

和田《わだ》　信《まこと》　（五五）　二代目花房組　若頭

長尾《ながお》　菊《きく》　（二四）　クラブ・遊都《ゆうと》　ホステス

木村《きむら》　直人《なおと》　（五五）　優信《ゆうしん》調査事務所　所長

花房《はなふさ》　勝正《かつまさ》　（七二）　初代花房組　組長

花房《はなふさ》　愛子《あいこ》　（七四）　花房勝正の女房

第一章　酔狂

見事やのう。

白岩光義《しらいわみつよし》は、歩くのを忘れた。

横断歩道の前方三、四メートルを、若い女が斜めに渡っている。

その女の足を見つめた。正確には、赤いスカートの下のふくらはぎだ。足首がキュッと引き締まり、ふくらはぎは豊かに張っている。

さぞや美人だろう。

想像がふくらみかけたとき、クラクションが二つ三つ、けたたましく鳴り響いた。

信号が赤に変わっている。

白岩は、音のするほうをにらんだ。

とたん、静かになった。

視線を戻すと、ふくらはぎの女は消えていた。雑踏にまぎれた女を追おうとは思わない。

ゆきずりに、美しいものを見せてもらった。それだけのことである。

「なに、見てたの」

よりそう長尾菊《ながおきく》の声がした。

「ええおなごや」

「どの人」

「消えた。とにかく、見事な張りやった」

「えっ」

「ふくらはぎや」

「へんなの」

菊がくすっと笑みをこぼした。

二十四歳にしては名が古くさい。顔も古典的だ。おたふくの面を間違って美形に彫ってしまったような感じだが、右の口元の笑窪《えくぼ》に幼さがひそんでいる。身長は一五七センチと、いまどきの娘にしては小柄のほうだろうが、大人びた女の雰囲気がある。きょうはあざやかな紺のタンクトップ姿なので、静脈が透けて見える肌がいつにも増してまぶしい。

それなのに、行き交う男たちの視線が一瞬で菊からそれてしまう。

白岩のせいだ。眼を合わさなくても、顔の古傷を見れば、だれでもそうなる。

脇道に入ろうとして、菊に腕を引っ張られた。身長一八〇センチ、体重八十五キロの、筋肉質の体が動かなくなった。

「えらい力やな」

「スポーツジムに通いはじめたの」

「けど、なんで引っ張るねん」

「曲がるの、一本早い」

「近道やないか。見てみい。この路地にかて屋台がならんどる」

「だめ。お参りするときは正門から……暴力団でも神様は歓迎してくれるよ」

「わいは、暴力団でもやくざでもない。極道や」

「ひっくるめて、世間一般では暴力団て言うの」

菊が腕をからめて歩きだす。

ひとつ先の、靖国《やすくに》通と明治《めいじ》通の交差点を左折する気らしい。

その先の左側に花園《はなぞの》神社の正門がある。

──お祭り、連れてって──

きょうの昼の電話で、そうねだられた。

女のわがままは受け容れる。たまにしか会わない女の場合はとくに寛容になる。そもそも、女の誘いは拒まない。不細工な女でも、薹《とう》の立った女でも、それなりの相手はする。

菊とは、三か月前に銀座のクラブ・遊都《ゆうと》で知り合った。東京に根を張る暴力団の幹部の祝宴に義理掛けし、その流れで、銀座につき合わされた夜のことである。

いつぬけだそうか。それればかり考えていた。関東のやくざ者とは肌が合わない。やくざと聞いただけで体のあちこちが痒くなる。座がにぎわうにつれて腰が落ち着かなくなり、いらだちがつのりかけたとき、となりの女が白岩の耳元に顔をよせた。

「わたしも、大嫌い」

そうささやき、にこっと笑った。

「おまえ、座ったばっかりやろ。わいの胸のうち、わかるんか」

「顔にでてるもん」

「単純やさかいな」

「格好つけたり、理屈っぽい男より、はるかにましよ」

「ええのう。気に入った」

男と女の縁は一瞬できまる。

その夜以来、白岩は東京へ来るたび菊と会うようになった。

交差点を曲がった。

歩道は人で混雑しているけれど、歩けないほどではなかった。時刻は午後六時。夏の太陽はビルに隠れても、空は昼間の青のままである。

「早すぎたようやな」

「いいの。参拝したあとは、出店をひやかして、ディナーへ直行よ」

「どこぞ、予約してるんか」

「あたり。西新宿のホテル。そこで夜景を楽しむの」

セミロングの栗色の髪が風になびき、白岩の鼻をくすぐった。

花園神社がまぢかになったとき、女の悲鳴が聞こえた。

白岩は、右手前方の路肩に視線をやった。

男二人が女の両腕をとり、そばの四駆に押し込もうとしている。

また、悲鳴があがった。なにかを叫んでいるが、意味不明だ。

「なにさらしとるんじゃ」

白岩は、怒鳴りながら近づいた。

男のひとりが眼光を飛ばした。二十歳そこそこか。チノパンツに紫地のオープンシャツ。どこからどう見ても半端者だ。

「はなしたれ。いやがっとるやないか」

「じゃかましい。すっこんでろ」

若造が腕をふる。風が嘲笑《あざわら》うようなのろさだ。
白岩は、拳がとどく前に、右腕をまっすぐ伸ばした。
グシャと音がし、若造がくずれ落ちた。頬ずりする路面に血が流れた。
「きさまっ」
もうひとりの男が吠え、女を突き放した。
女がよろける。
菊がとっさに両腕をひろげ、女の体を支えた。
男が頭から突進してきた。
白岩は、腰を構えて胸で受け止め、膝蹴りを見舞った。
うめき声がした。顎の骨が砕けたのか、男がのた打ちまわる。
あっというまに、人垣ができた。
遠い記憶がよみがえりかけた。
記憶が映像になる前に、パトカーのサイレン音が聞こえてきた。
四駆が急発進する。若造の二人は路上に寝たままだ。
白岩は、菊に声をかけた。
「怪我はないか」

「大丈夫よ」

　菊にかかえられた女を見た。

「なんや、おまえか」

「知ってるの」と、菊が言う。

「さっきのふくらはぎや」

「ん、もう。知り合いみたいに言わないの」

　白岩は背後から肩をたたかれた。

　若い制服警官の顔は強張《こわば》っている。

「あんた、なにをしてる」

「見て、わからんのか。人助けや」

「しかし……」

　警官が視線を落した。

　その先で、若造らが立ちあがろうとしていた。二人とも動きがにぶい。血まみれの顔面は苦痛にゆがみ、肩は上下にゆれていた。

「こんな怪我をさせて……」

　路肩にパトカーが停まり、二人の男が飛びだした。ジャンパー姿の四十年配と、スーツ姿の二十代後半とおぼしき男が大股で近づいてくる。

路上の人込みをかきわけて複数の制服警官もあらわれた。

白岩は、六名の警官に囲まれた。

年長の男が白岩と顔を突き合わせる。

「署で話を聴かせてもらおうか」

「ちがうよ」

菊が口をとがらせ、若造らを指さした。

「悪いのはそこの男たち」

「事情はどうであれ、署に同行願います」

「そんな……」

白岩は、むきになる菊の肩に手をのせ、にっと笑った。

「そのおなご、頼むで」

白岩はパトカーで新宿署に運ばれた。

六階の地域課には向かわず、いきなり取調室に入れられた。

警察の名分はある。暴行と傷害の現行犯だ。しかし、あくまで名分にすぎない。堅気《かたぎ》どうしの喧嘩であれば、ここまではしない。普通なら、地域課の部署内で事情を聴き、身元照合を行なったうえで、詳細に調べる必要があると判断すれば取調室へ連れて行く。

訊問を行なったのは、現場に急行した四十年配の男だった。地域課の巡査部長で、森田《もりた》雅之《まさゆき》と名乗った。もうひとり、若造が壁にむかってペンを走らせていた。

森田が、氏名、現住所のあと、職業を訊ねた。

「極道や」

「暴力団だね」

「極道を稼業にしとる」

「どこの組織だ」

森田が語調を変えた。

「二代目花房《はなふさ》組を束ねとる」

「大阪の花房組……一成会《いっせいかい》の若頭補佐か」

「よう知ってるな」

「歌舞伎《かぶき》町には一成会のバッジをつけた連中がうろうろしてる」

「そんな話、どうでもよろしい。さっさと調書をとってくれ」

「身元を確認するのが先だ」

「あんたの仲間が調べとるやろ」

白岩は顔を真横へむけた。

壁に長方形の鏡がある。微罪の者を取り調べる部屋でないのはあきらかだ。

視線を戻すと、森田が話しかけた。

「どうして喧嘩になった」

「おなごが攫《さら》われかけてた。けど、あんなもん、喧嘩とは言わん。止めに入ったら、若造が殴りかかってきて、よけただけのことや」

「人助けをしたつもりか」

「おなごはかわいがるもんや。痛めつけたらあかん。わいの言うことが信用できんのなら、あそこにおった人らに話を聴け。目撃者はぎょうさんおる」

森田が胸ポケットのパッケージをとりだし、煙草を勧めた。

「やめた」

「極道でも肺ガンがこわいか」

「煙草くさいて、おなごらに嫌われる」

森田が眼で笑った。

ほどなくして男二人が入ってきた。二人とも短髪の丸顔で、がっしりとしている。たぶん、暴力団を相手にする連中だろう。新宿署の暴力団対策係には、警視庁管内のマル暴刑事の猛者《もさ》たちが集まっていると聞く。

「代わってくれないか。時間はかけん」

ぎょろ眼の五十年配の男が森田に声をかけた。

森田がうなずき、腰をあげた。

森田と筆記係が去ると、ぎょろ眼の男が正対した。上着を脱ぐとき、シャツのボタンがちぎれそうになった。パイプ椅子に座るのが窮屈に思えるほど、腹がまるい。よく見ると、首のまわりに深い皺が走っていた。

「一成会の大幹部が、二十歳そこそこのチンピラ相手に喧嘩とはな」

「同業なら、まずは名乗らんかい」

「暴対係の立花茂《たちばなしげる》。警部補だ」

「所轄署で警部補てことは、係長か」

「だとうれしいが、新宿署は大箱だからな。主任だ」

「その主任さんが、なんの用や。わいがどついた連中、やくざなんか」

「チンピラだと言っただろう。浪花《なにわ》の名物極道の面、拝みにきた」

「東京のマル暴刑事はひまを持て余しとるんか」

「あんたは特別だ。大阪大学《ハンダイ》卒の極道者というだけでもめずらしいのに、一成会の跡目候補といわれているのだからな。しかし、驚いたぜ」

「なにが」

「大勢の乾分《こぶん》を引き連れ、身なりをかましているのかと思ってた」

白岩は、白のコットンパンツにスニーカー、上は黄のサマーセーターを着ている。だが、若い女に合わせて軽装にしたわけではない。稼業を背負って行動するとき以外は、いつもカジュアルな格好をしている。色の基調は赤と白なので、きょうの服は地味なほうだ。

「それにしても、噂どおりの強面《こわもて》だな。その傷、若気の至りか」

「忘れた」

そんなわけはない。

右頬には、耳朶《じだ》の脇から唇の端にかけて、幅一センチの深い溝が走っている。二十歳の夏、大阪ミナミの繁華街で三人のチンピラにからまれ、乱闘になった。そのときの傷だ。

当時の記憶は胸の底に眠らせている。

「消えんかい。もう満足したやろ」

白岩は、不快感をあらわにした。

反りの合わない男か否かは直感でわかる。やくざ者なら、端くれでも負けを覚悟の勝負を挑まなければならない。そんなことさえわからぬマル暴刑事などたかが知れている。

「そう邪険にするな。すこし世間話につき合え」

「煙草、くれ」

「さっき、やめたと聞こえたが」

「相手によるわ」

白岩は煙草に火をつけ、顔をゆがめた。咽《のど》が辛い。二か月ほど禁煙していた。

「どうしてあそこにいた」

「お祭り見物や」

「若い女と一緒だったとか」

「……………」

「東京にはよく来るのか」

「たまにな」

「広尾《ひろお》に花房組の支部を構えて三年……どうして、島を持とうとせん。関西者が地場のやくざ者に遠慮するとは思えんが」

「勝手やろ」

「こっちで、なにをしてる」

「ただの息ぬきや」

「東京で遊ぶのに、看板がいるわけか」

「なめるな」

「しのぎはかけてないんだな」

「………」

「仲のいい知り合いでもいるのか」

「………」

「素直に話してくれんと、朝になるぞ」

白岩は、そっぽをむき、無言をとおした。

森田に玄関まで見送られ、新宿署を出たのは翌日の昼前だった。

太陽がまぶしい。周囲の風景が黄色に見える。

訊問を無視したせいで、暴対係の立花のひまつぶしにつき合わされた。留置場で寝たのは二時間たらずで、朝七時から地域課の森田による聴取が再開された。

怪我を負った相手が先に手をだしたことを認めたうえに、目撃証言もあったので、白岩は暴行容疑での略式起訴さえされずに済んだ。

歩道に立ち、腰に手をあて背中を伸ばした。

四十六歳と八か月。まだまだ体力に自信があっても、睡眠不足はこたえるようになった。

白岩は、携帯電話の電源をいれた。

着信が二本、メールが五本、記録されていた。その両方に、長尾菊の名がある。最新のメールは、五時間半前、午前六時のものだった。

――おそとに出られたら、その場で電話をちょうだいね――

電話をかける。

「ディナーの予約、まだ生きとるんか」

《ばか。いま、どこ》

「新宿署の玄関や」

《そこで待ってて》

ぷつりと電話がきれて五分と経《た》たないうちに、眼前に赤のインサイトが停まった。車も、ナンバープレートの数字も記憶にない。

運転席から菊が顔をのぞかせる。

白岩は助手席に乗るや、声をかけた。

「この車、おまえのか」

「そう。めったに乗らないけどね」

「おまえがうぬぼれ屋とは知らんかったわ」

「えっ」

「ナンバーの一一〇七……イイオンナ」

菊の顔がはじけた。

「わたしの誕生日、十一月七日。でも、イイオンナ、もらっちゃお」

「どこにおった」

「ファミレスで待ってたの」

白岩は、口をへの字にまげた。

「徹夜なんてしないよ」

そういえば服装が異なる。きょうの菊は赤のTシャツにオフホワイトのパンツだ。

菊の眼の下に薄い黒ずみを見つけた。

「寝てないようやな」

「気になって……寝つけなかったの」

「わいがパクられる思うて、めそめそしてたんやな」

「まさか」

「ほな、眠れんかった理由はなんやねん」

「きのうの女の人、逃げちゃった。彼女、白岩さんがパトカーに乗せられたあと、突然、駆けだしたの。あわてて追いかけたけど、神社の人込みにまぎれて」

「警官はどうした」

「最初に駆けつけた若いおまわりさんが一緒にさがしてくれたけど、だめだった」

「わいが連行されるのを見て、逃げたんやな」

「そうなのかなあ」

「忘れえ。あのおなごには、うしろめたいなにかがあるんや」

「それならなおのこと……また、あぶない人たちに狙われるかもしれない」

「名前も知らん、ゆきずりのおなごや」

「でも、白岩さんは助けた」

「ただの酔狂や。あのおなご、おまえに礼を言うたか」

「逃げるとき、わたしを見て、なにか叫んだ。きっと、ありがとうって言ったのよ」

「……」

「トラブルに巻き込まれてたのね。あそこで助けたのも、なにかの縁だわ。あの人のふくらはぎにひとめ惚れしたのなら、最後まで助けてあげるべきよ」

「おまえな、お節介がすぎるで」

「お節介じゃない。中途半端がいやなの」

「ほっとけ。さがされて、かえって迷惑するかもしれん」

「とか言って、邪魔くさいんでしょ」

「それもある」

「なにが、やくざじゃない、極道よ。邪魔くさいのなら、無視すればよかったじゃない」

「しつこいわい」

白岩は視線をそらした。

ビルのガラス窓を射す陽光に、眼がくらんだ。

そのときである。不意に、ある男の名が思いうかんだ。


眼が合った一瞬で、白岩は表情をゆるめた。

相手も眼元に笑みを走らせた。

木村直人《きむらなおと》、優信《ゆうしん》調査事務所の所長である。

たしか五十四、五歳になるか。長身の細面で、一見やさしそうな顔をしているけれど、笑っても隙を感じさせない。想像していたとおりの雰囲気を漂わせているためか、初対面の気はしなかった。彼の面相は、記憶の写真とぴたりかさなる。

木村の存在を知ったのは十二年前のことだ。

東京に住む唯一の友である鶴谷康《つるたにこう》に教えられた。

幼なじみの鶴谷は、企業間のトラブルを処理する捌《さば》き屋として、経済の裏舞台で活躍している。捌き屋稼業の生命線は情報だ。企業の疵《きず》から個人の弱点まで、あらゆる情報を武器に、相手との交渉に臨む。鶴谷が情報収集の部分で最も信頼しているのが木村なのだ。彼はかつて警視庁公安部に所属していたらしく、優信調査事務所には、警視庁の各部署にいた元警察官や、経済や金融などのプロフェッショナルが多く集まっているそうである。

「この車が、噂の走る前線基地か」

白岩は、車内を眺めまわした。

ミニバンのアルファードの車内は、まさしく情報戦士らの司令室である。オプション仕様の後部座席にはテーブルをはさんで五人が座れる。その後方には、赤や緑のランプがともる機材が整然と配され、小型冷蔵庫やコーヒーメーカーまで揃っている。

車が走りだし、木村が紙コップにコーヒーを注いでくれた。

「あいにく酒をきらしてまして」

「気にするな。酒はおなごとしか飲まん」

「なんとなく……あの人と対面している気分です」

あの人が鶴谷をさしているのはわかった。

「あんな堅物と一緒にするな」

「あなたも、芯はダイヤモンドのように硬いのではありませんか」

「ダイヤはおなごの指にはめるもんや。体に埋め込んでたら一銭の値打ちもないわ」

「たのしい人ですね」

「わいの周りには笑顔と花があふれとる」

「うらやましい。それにしても、白岩さんから人さがし、それも、東南アジアの若い娘をさがす依頼を受けるなんて思いもしませんでした」

「たいそうなことやない。おなごに頼まれただけや」

木村のまなざしがゆるんだ。

「迷惑か」

「とんでもない。しかし、またどうしてわたしに……」

「木村直人に会うてみとうなった」

「ありがとうございます。電話で白岩さんの声を聴いたとき、体が固まりました」

「そんなタマか」

「ほんとうですよ。やっかいな仕事になりそうな気がしましてね」

「依頼してまだ二日目……早くも手応えのある顔をしとるやないか」

「緊張感のせいでしょう」

「ところで、わいに見せたいもんて、なんや」

木村の顔が瞬時にしてプロの情報屋のそれになった。

「これです」

木村がテーブルに顔写真をならべた。

「この七名は、現在も観光ビザの期限内にあって、マレーシアから来た女たちです」

「マレーシアてか」

「はい。あなたに殴られた若者は、女について、マレーシアのアンと供述しています」

「路上でおなごを攫おうとしたわけは」

「ただの痴話喧嘩だったとか。一週間ほど前に知り合い、部屋に泊めていたそうで、フルネームも知らない、パスポートも見たことがないと言い張ったようです。一応、担当者が若者の部屋を捜索したのですが、彼女の私物は見つかりませんでした」

「その程度の取り調べで釈放したんか」

新宿署をでた五時間後に二人の男が釈放されたとの報告は受けている。

「被害者の女が姿をくらましたのだから事件にはなりません。暴力行為も、彼らが一方的にたたきのめされているので……」

「わかったわい」

「記憶の女に似てる者はいますか」

「これや」

真ん中の写真に人差し指を立てた。記憶力のよさを自慢したいくらいの自信がある。

「その女の名はアンジェリカ。マレーシア国籍の二十五歳。彼女の詳細については、ただちに情報を集めます」

「ちょっと待て。この写真、わいがどついた若造も見たんか」

「見てないと思います。これは自分が入国管理局から入手したもので、警察は痴話喧嘩くらいでそこまでしませんよ」

「このおなごに間違いないが、どうやって見つけだす」

「まずは、日本での滞在先をあたります」

木村が資料を見た。

「入国記録には、チェン・メイファという女の住所が記載されてる」

「これからそこへ向かうのやな」

「いえ。そちらは部下にあたらせます」

「わいは、あかんのか」

「用心のためです。助けられたのに逃げた。正面きっての行動は控えるべきかと」

「まかせる」

「よろしければの相談ですが、あなたには行ってほしいところがあります」

「どこや」

「殴られた若者らとかかわりのある場所です」

「あいつらの素性は」

「渡辺翔《わたなべしょう》と伊原亮馬《いはらりょうま》。ともに二十歳で、警察調書にはフリーターと書いてあるそうですが、暴力団の準構成員です。新宿を拠点にしている忠信会《ちゅうしんかい》はご存じですよね」

「つき合いはないけどな」

「お願いできますか」

「忠信会へ乗り込むのやな」

「いえ。行く先は、あそこです」

木村がカーテンをあけ、窓の外を指さした。

いつのまにか、アルファードは路肩に停まっていた。

白岩は、新宿と高田馬場を結ぶ明治通沿いにあるオフィスビルに入った。

一階がコーヒーショップと印刷会社、二階から四階までは京英塾という予備校の教室で、五階は京英塾の事務室と、NPO法人・外国人留学生支援協会が入居している。エントランスの案内板には、日本語文字と併記して、FSSAの文字がある。Foreign・Students・Support・Associationの略字らしい。

渡辺と伊原という若造は、以前からしばしばFSSAに出入りしているそうだ。調査によれば、FSSAは主に東南アジア諸国からの留学生を支援しているらしく、木村は、その点と逃げた女の関係が気になると口にした。

情報収集のプロは表に顔をだせない。

FSSAのオフィスの前に白岩を運んだのはそういう理由なのだと思う。

もちろん、白岩に異存はなかった。早期の決着は望むところだ。それに、木村の情報を聴いているうち、かすかに心が動いたせいもある。

エレベータで五階にあがった。

フロアの大半は京英塾の事務室で、FSSAのオフィスは奥の一室にあった。

二十坪ほどのフロア中央に八つのデスク、おおきな窓を背に幅広のデスクがひとつある。

右手に部屋が二つ。代表者の個室か応接室と思われる。二人の男と三人の女がいて、ドアロ近くの若い女が、カウンター越しに白岩の応対に立った。

　来客に笑顔を見せない。表情が硬いのは白岩の面相のせいにきまっている。彼女のうしろにいる者たちの顔も、迷惑そうな、不安そうな顔つきになった。きょうはスーツを着ているが、それでも、人の見る印象は変わらないのだろう。

　女が口をひらいた。

「どんなご用でしょう」

「事務長の新田《にった》さんに会いたい」

　白岩は窓際の男に視線をやった。新田の顔写真を見てきた。居留守は使わせない。

　女はちらっとふり返り、男がうなずくのを見て、右手の小部屋に案内してくれた。

　新田は、お茶を運んで来た女と入れ替りにやってきた。手に白岩の名刺を持っている。数分の時間の空白は、白岩の素性の確認でもしていたのか。

「関西の親分さんが、わたしにどのようなご用がおありなのですか」

　新田の口調は穏やかだった。態度も落ち着いている。堅気に見えるが、裏の世界につうじているのは、木村から得た予備知識がなくても、感じとれた。

「心あたりは、ないんか」

「ええ。まったく」

「あんた、関西の出身か。なまりが残っとる」

「生まれは京都です」

「となりの京英塾も本部は京都やな。ここは京英塾の関連組織か」

「いえ。多少のおつき合いはありますが」

「ここを構えたのは七年前、NPO法人がぎょうさんできた年や。それ以前、このフロアも京英塾が借りてた。多少のつき合いと言うたのでは相手に失礼になるやろ」

「なにをおっしゃりたいのでしょう。京英塾のことでうちを訪ねてこられたのですか」

白岩は、薄い笑みをうかべ、二枚の写真をテーブルにならべた。

「渡辺翔と伊原亮馬。知ってるわな」

新田は写真を見たが、肯定も否定もしなかった。

「こいつらとの関係を教えてくれ」

「先に、状況とか背景を聴かせてもらえませんか」

「わいはせっかちでな。FSSAとこいつらの関係を教えてくれたら退散するわ」

「そうおっしゃられても……」

「ええんか。NPO法人の規制が緩和されたいうても、暴力団とのかかわりがばれると東京都の認可を取り消されるぞ」

一地方でのNPO法人の設立にさいしては地方自治体の許認可が要る。全国規模の組織については国が所管する。

「そんなことくらいわかっています。しかし、この二人は暴力団ではない」

「木下宏《きのしたひろし》もか」

「えっ」

新田がのけ反った。だが、すぐに姿勢を正した。

したたかな野郎だ。

面を突き合わせたときの印象はさらに深まった。

木下宏は忠信会の若頭補佐である。

忠信会は、末端組員を合わせても三百人に満たない規模の組織だが、関東では老舗《しにせ》の暴力団で、指定暴力団に名を連ねている。元は、縁日や祭礼などに集まる客を相手に露店で商いをする香具師《やし》たちを束ねる、いわゆるテキヤの元締で、現在は、歌舞伎町を中心に、飲食店や風俗店、遊戯店からカスリをとる昔ながらの手法に加え、違法ドラッグの密売や、振り込め詐欺にも手を染めているらしい。

そういうことも、新田と木下の関係も、木村は丁寧に調べあげていた。

おととい の夜、渡辺と新田、木下の三人が歌舞伎町のクラブで同席したそうだ。

その事実を突きつけ、状況を動かす手もある。だが、新田が動揺するとはかぎらず、逆に、自分が手の内を見せることで相手が防御を固め、突破口をふさがれてしまう危険も生じる。

おまえには時間がないねん。

頭のどこかで声がして、腹をくくった。

「あんた、忠信会の木下とは仲がええらしいな」

「たまに会って食事をする程度です」

「それだけで充分、許認可の再審査の対象になる」

「個人的なつき合いで、ＦＳＳＡとは関係ありません」

「ほな、疑惑を晴らしてもらおうか」

「疑惑とはなんでしょう」

「ＦＳＳＡと渡辺らの関係や。やつらがちょくちょくここへ来てるんは認めるな」

「お応えする必要はないと思いますが」

「あるから訊いとる」

白岩は、声と眼でおどした。

「どうして彼らのことを」

「偶然、事件にかかわった。おかげで、新宿署に泊められた」

「どんな事件です」

「誘拐未遂や。それをわいがふせいだ」

「それなのに、泊められた」

「そういう稼業や」

「彼らが女性を誘拐しようとしたのですか」

「だれがおなごや言うた」

新田が口元をゆがめた。

「わたしがどうすれば、あなたは気が済むのですか」

「自分で考えんかい。なんなら、わいの気質、調べてもええぞ」

「教えてください」

「なにをや。しつこい気質のほどをか」

「そうではなく、彼らを狙う理由……仕返しですか」

「あほか。わいは、誘拐されかけたおなごをさがしとる」

「それは警察の仕事でしょう」

「あそこは手ぬるい。未遂事件ではやる気にならんようや」

「彼らに直接あたられては……あなたは、二人がここへ来てることも承知しておられる。彼らを捕まえるくらい、たやすいことだと思いますが」

「一般論で言うとやな、雑魚《ざこ》は背景を知らん」

「わたしは、もっと知りません」

「話を戻す。FSSAと若造らの関係は」

「雑用を頼んでいます。意外かもしれませんが、慈善事業をしていると、いやがらせなどの迷惑行為が多々あるのです」

「意外でもないわ。慈善事業とかでしのぎをかけてるほうが意外というか、納得できん」

「しのぎとは心外ですね」

「しっかり儲けとるやろ。あんたのスーツ、上等のモヘアやないか」

「そんなこと、関係ないでしょう」

「どんなしのぎをしとる」

「事業内容は……」

新田がテーブルの端に置いてあるパンフレットを手にした。

「これにくわしく書いてあります」

「いやがらせの処理の仕方もか」

新田がうんざりという表情で、ため息をもらした。

「よわりました。話が嚙み合いそうにありません。わたしとしては、誠意をもって対応をしてるつもりなのですが、あなたは納得されない。どうすればいいのですか」

「とぼけてろ」

白岩は立ちあがって、ドア口にむかった。

背に声はかからない。それが新田の、したたかな性根の証左だ。

ドアノブに手をかけ、ふり返る。

「ついでや。FSSAの正体もあばいたる」

新田の瞳がゆれた。


長尾菊が溜池《ためいけ》のシティホテルに来たのは、その夜の午前一時すぎである。

菊は、化粧も落さず、ルームウエアに着替えもせず、白岩の正面に座った。

長い睫毛《まつげ》の下の瞳は好奇心に満ちている。

「どうだった。手がかりはつかめたの」

「そう簡単にいくか。けど、おなごの素性は知れた」

白岩は、木村の情報と、FSSAでのやりとりを簡潔に話してやった。

ＦＳＳＡは、京都に本部を構える大手予備校の京英塾の関連組織である。代表の女は外向きの顔にすぎず、実権は京英塾理事長の娘婿の新田事務長が握っているらしい。ＦＳＳＡは理事長の次男が高田馬場で経営する日本語学校の京英カレッジ、略称ＫＥＣと緊密な関係にあって、ほかにも、新田の女房が社長のアジアトラベル、忠信会幹部の木下宏の企業舎弟が経営する城西《じょうさい》不動産と城西リースとも裏でつながっている。

「話がちとむずかしかったかのう」

「ばかにしないで。これでも法律を勉強してるのよ」

菊は司法浪人で、企業弁護士をめざしているらしい。夜の銀座で働いているのは企業の役員らと縁を紡ぎたいからだと平気な顔で言う。

「それにしても、ひどい話ね。ＮＰＯ法人って慈善団体のはずなのに」

菊の語気がとがった。女のことよりも、ＦＳＳＡに憤慨しているのはあきらかだ。

「小泉内閣のときにＮＰＯ法が改正されたんは知ってるわな」

「うん」

「改正法が施行されたあとの一年間で、ＮＰＯ法人の数は百倍以上に増えた」

「そんなに」

「官から民へを謳い文句に、本来、役人がやる仕事を民間に丸投げした総理大臣のおかげで、あやしげな連中がわれ先にと、ＮＰＯ法人を設立した。許認可の申請もユルユルや」

「でも、ＮＰＯ法人は非営利団体と明記されてるはずだわ」

「組織を維持するための利益確保は認めた。ザル法と言われる所以《ゆえん》や。ダミーにトンネル……便利に活用されてる。暴力団のしのぎの温床にもなっとる」

　菊がうなだれた。

「おまえが弁護士になるころは、ＮＰＯ法人のトラブルがあちこちでおきてるやろな。政権党が変わったさかい、これからは警察や国税庁の眼がきびしゅうなると思う」

「勉強するわ」

「ＦＳＳＡの実態の詳細はまだわかってないが、おおよその想像はつく」

「つまり、ＦＳＳＡは、アジア人留学生に旅行の世話から、アパートの斡旋《あっせん》、サラ金の紹介までやってるってことなの」

「アパートの斡旋では、保証人の紹介もするらしい。しかも、ただやない。入会金一万円と月会費が二千円。説明会は会費制やし、すべての斡旋で紹介料をとる仕組みになっとる」

　白岩は、木村に聴いたとおりのことを教えた。

「なんでもかんでもおカネじゃない。どこが慈善事業なのよ」

「もっとえぐいまねもさらしてる。ＦＳＳＡは、日本での生活支援と称してアルバイト先を紹介してるんやが、そのなかには性風俗の店もあるそうな」

「許せないわ」

菊の顔が見る見る朱に染まった。

「大学の先輩の弁護士に頼んで、訴えてやる」

「あかん。おなごを見つけてからにせえ」

「きっと、あの逃げた女性もFSSAにだまされたのね」

「ちがうな。FSSAの会員リストにあのおなごの顔写真は載ってなかった」

「そんなのまで見たの」

「わいが依頼してる調査員はプロ中のプロや」

「ごめん。おカネを使わせちゃって」

「気にするな。おまえにそそのかされたわけやない。わいの気まぐれや」

そう言いながらソファに寝転び、テレビをつけた。


翌日、白岩は、事務所に戻らず、ホテルの部屋に残った。

優信調査事務所の木村からの電話で、そうするように言われた。木村は細心の注意を払う。

初対面のときも、二人の部下が走る前線基地の周辺を監視していた。

約束の午後一時に訪ねてきた木村は、いきなり仕事の話をはじめた。

「ちょっと面倒なことになりそうです」

「逃げたおなご、メイファとかいうおなごの部屋におらんかったんか」

「アンジェリカは入国したその日にメイファと会い、彼女の案内で近くにある妹の部屋を訪ねていました。この子が二歳下の妹のフレアです」

木村が写真を見せた。

雰囲気は異なるが、顔立ちはふくらはぎの女に似ている。

「妹とメイファが知り合いなんやな」

「二人は同郷で、ことしの春、日本語と福祉の勉強をするために日本へやってきた」

「ひょっとして、FSSAがかかわってるんか」

「そのとおりです。フレアはFSSAの世話で来日し、高田馬場にアパートを借り、日本語学校のKECに通っていました」

「姉も留学に来たんやな」

「いえ。メイファの話によると、アンジェリカは二か月ほど音信がとだえている妹の安否が気になって来日したそうです」

「姉妹は会えたんか」

木村がゆっくり首をふる。

「フレアは現在、消息不明です」

「なんと、妹もか」

「フレアがＫＥＣに通っていたのは四月からの三か月です。メイファが最後にフレアと会ったのは六月の下旬で、そのときの様子に変わりはなかったと。フレアは元気そうで、アルバイトもせずに勉強に専念できるのはＦＳＳＡのおかげだと話していたそうです」

「メイファもＦＳＳＡの世話になってるんか」

「いえ。彼女は華僑《かきょう》の裕福な家庭の娘らしく、母国で福祉施設を経営するために日本へ学びにきた。一方のフレアの実家は貧しく、介護士の資格を得る目的で来日したそうで、渡航のさいからＦＳＳＡの支援を受けていたようです」

「フレアが通うてた学校のほうはどうなってる」

「七月から休学扱いになってました。しかし、本人の届出によるものではなく、学校側が一時的な措置としてそうしたそうです」

「そのことは当然、ＦＳＳＡは把握してるんやろな」

「身分をいつわって電話で問い合わせたのですが、身内の者でないかぎり、個人情報は教えられないと突っ張ねられ、自分のことをさぐるような気配を感じました」

「フレアの部屋には行ったか」

「はい。でも、彼女が借りていたアパートはすでに別の留学生が住んでいました。その子にも話を聴いたのですが、フレアには会ったこともないし、なにも知らないと……嘘をついているようには見えませんでした」

「なるほど。おまえは、フレアの失踪にＦＳＳＡがからんでるとにらんだわけやな」

「ほかは考えにくい状況です。フレアを知るだれに訊いても、トラブルなどはなかったはずだと言い、皆がフレアの身を心配してる様子でした」

「だれも警察に相談してないんか」

「犯罪がからんでる場合を案じているのでしょう。失踪の背景がわからない段階でへたに行動すれば、留学生の仲間にもきびしい視線をむけられ、迷惑するかもしれない。よその国で暮らす人たちの不安や警戒心は相当なものです」

「おまえの推測を聴かせえ」

「ＦＳＳＡの支援の中身が問題です。貧乏な家庭の娘のフレアがアルバイトもせずに、勉学に専念できた理由はなんなのか。似たような環境の子は大勢いて、ＦＳＳＡとかかわりのない子たちは皆、アルバイトをしているのに、どうしてフレアは働かずに暮らせたのか」

「ＦＳＳＡが生活の面倒をみていた」

「そうです」

白岩は、眼を見ひらき、手のひらで膝を打った。

「利息の付くカネか」

「新宿の城西リースで間違いありません」

「忠信会の木下の企業舎弟がやってる会社やな」

「ええ」

「そんなもん、支援て言うんか」

「だまされたのだと思います。日本語の知識はあっても、契約書の文面は難解ですから」

「たぶん、利息も払うてなかったんやな」

「契約違反とおどし、フレアを強制的に働かせた。フレアが姿を消してわずか数日後に、部屋の荷物が引き払われ、別の留学生が住むなんて、常識では考えられません」

「その留学生もFSSAの紹介か」

「KECの入学手続きと、不動産業者の紹介、および保証人も斡旋していました」

「ハイエナどもが、がっちりスクラムを組んでるわけか」

「日本のNPO法人ということで、留学生は信用するのでしょう」

白岩は、無性に腹が立ってきた。己《おのれ》は極道者で、お天道様をまともに見られないようなあこぎなことをやってはいるが、女や子どもは泣かさない。

「えげつない連中やのう」

「まったく。反吐《へど》がでそうです」

木村が吐き捨てるように言った。

「フレアが働いてる先の見当もついてるようやな」

「忠信会の木下は歌舞伎町で三店のパブを経営しています。そこのホステスは全員が東南アジアの女で、噂では客相手に売春させているとか」

「その店をあたったんか」

「部下が客になりすまし……フレアはおらず、ホステスにさぐりを入れたのですが、店側の警戒がきびしくて、なにも聴きだせませんでした」

白岩は、視線をそらし、窓を見た。

もう自分のやることは決まった。

顔一面に玉の汗が浮かんでいる。

太い眉とおおきな鼻。陽に焼けた四角い顔は精悍そのもので、骨太の体は頑丈そうだ。

佐野《さの》裕輔《ゆうすけ》はしたたり落ちる汗をぬぐおうともせず、見るからに辛そうな担々麺をすすりあげた。炒飯と餃子、酢豚と青菜炒めにも箸をのばす。

白岩は、手酌のビールをあおって、佐野に話しかけた。

「ろくに飯を食えんほど、こづかいに不自由してるんか」

「し、してません」

佐野があわてて顔をふる。汗が左右に飛び散った。

「おまえ、まだひとり住まいか」

「はい」

「体力を持て余すやろ」

「適当に遊んでます」

「古川《ふるかわ》と竹内《たけうち》も元気にしとるんやな」

「あいつら、東京の水が合ってるみたいで、ちかごろは大阪の話をせんようになりました」

有栖川宮公園の近くに構える花房組東京支部には三名の乾分が常駐している。支部長の佐野は二十八歳、古川真吾《しんご》と竹内修《おさむ》は二十五歳と若く、いずれも大阪から連れてきた者で、かつては白岩組の部屋住みの乾分だった。

「おまえは大阪へ帰りたいんか」

「そういうわけやおまへんけど、女は大阪にかぎりますわ。東京の女はつめたいいうのか、親しみを感じません」

「東京のおなごにかて情はある。ただな、地方から出てきたおなごがほとんどやさかい、連中は不安や警戒心を抱えたまま暮らしとる」

「かわいがってるつもりなんですが……」

「かわいがり方をまちごうてるんやな」

「しっかり勉強します」

「あほくさ。勉強することか。ところで、竹内を見かけんかったが、どこにおる」

「どこぞの現場に……」

佐野が声を詰まらせ、しまったというような顔を下にむけた。

「現場とは、なんやねん」

「すんまへん」

「あやまる前に言わんかい」

「自分ら三人、働いてますねん。いや、その……事務所の当番をおろそかにしてるわけやのうて、体がなまるといざというときのお役に立たんのやないかと思い、三人が交替で、週に二、三回、力仕事をしてますのや」

「なんの仕事や」

「日雇いの土方ですわ。ビルの建設現場や夜間の道路工事……世のなか、就職難とか仕事のないホームレスが急増してるとかいわれてるけど、わがままな奴が多いんとちがいますか。選り好みさえせんかったら、なんぼでも仕事はおます」

白岩は、聴きながら記憶の一片を思いうかべた。

大学時代はせっせとアルバイトに励んだものだ。それも、乾分らとおなじように、みずから好んで工事現場での肉体労働をしていた。

「それで、なんぼになるねん」

「八千円から一万円。急ぎ働きのきつい仕事は倍ほどになるときもおます」

「ほんまに、体のためにやってるんやな」

「もちろんです。本部からは充分なおカネを振り込んでもろうてます。けど、自分ら、スポーツジムに通うような柄やないさかい、肉体労働で体を鍛えてますねん。それと……」

佐野は、照れくさそうな表情を見せて、言葉をたした。

「働いたカネで、月に一回、親分のまねしてますねん」

「はあ」

「クラブというわけにはいきませんが、パリッとええ身なりをかまして、六本木に遊びに行くの、楽しみになりました」

白岩は、あきれ顔を見せたあと、声を立てて笑った。

佐野も顔をほころばせ、また食べだした。

料理の器が空になり、佐野がおしぼりで顔をぬぐった。

「そのお楽しみやが、すこし減ることになるかもしれん」

「なんぞ面倒がおきましたんか」

「おまえらに頑張ってもらいたいことができた」

「なんですの」

「おなごをひとり、連れだしてほしいんや」

これまでの経緯をおしえた。

話しているあいだに、佐野の眼が輝きだした。部下の面倒見がよく、やさしい一面を持っているけれど、勝気な気質そのままに、やんちゃ者である。

「忠信会と構えますのやな。体を鍛えてた甲斐がおますわ」

「喧嘩やない。おなごの捜索や」

「けど、忠信会の木下とかいう幹部が……」

「かかわってるとしても、こっちからは仕掛けるな」

佐野が肩をおとした。

「これはわいの気まぐれなんや。こんなことでおまえらを使うのは気がひけるけど、ひとりではやれんから頼んどる」

「乾分に頼むやなんて言わんでください。自分ら、親分のお遊びにかて体を張ります」

「そう言われると、ますます気が重うなるわ」

「わかりました。では、親分のお遊びにつき合わさせてもらいます」

「あしたにでも、一気にケリをつけよか。わいは東京に長居できんさかいな」

「大阪でももめ事が起きたんですか」

「花房のおやっさんが入院した。検査のためらしいが、そう報《しら》せてくれた姐《あね》さんの口ぶりが妙に気になってな。のんびり構えるわけにもいかん」

「きばりますわ」

「よっしゃ。ほな、連れて行け」

「えっ」

「おまえの顔の店や」

佐野が手のひらをふった。

「あきまへん。パブに毛のはえたようなキャバクラですねん」

「気にするな」

「親分のタイプはひとりもおりません」

「わいの好み、知ってるんか」

「顔も身なりもよくて、気の強い女です」

「そんな話、したかのう」

「鶴谷さんに教えてもらいました。極道者の器量は、連れてる女でわかりますのやろ」

「それも鶴谷に聴いたんか」

「親分のポリシーとか」

「あのガキ、そんなことまでベラベラと……もうあいつとはものを言うな。行くぞ」

「ほんまにええのですか」

「古川も竹内も呼んだれ。今夜は当番なしや。おまえらのなじみの店、梯子《はしご》したる」

佐野の顔がさっと上気した。

白岩が夜の街に乾分を連れだすことなどめったにないのだ。


ベッドの端に座る女が眼をまるくした。

傍らの佐野が立ちあがってラブチェアーを空ける。

白岩は、空いた席に腰をおろし、話しかけた。

「驚かせて、すまんのう」

女がぎこちなく笑った。

歌舞伎町のラブホテルの一室に来たところである。

白岩の作戦は成功した。

佐野が客になりすまし、木下の店の女を連れだしたのだ。

歌舞伎町のスマイル倶楽部というパブに働く十数名のホステスは全員が東南アジア圏の生まれで、眼前の女はパキスタン人らしい。佐野には、マレーシアか、その近隣の国の出身で、日本語を話せる女を連れだせ、と命じていた。

「日本語は上手です」

ドアロに立つ佐野が言った。

白岩は、写真を女に見せた。

「名はフレア。知ってるか」

「歳はいくつ」

「二十三で、国はマレーシアや」

「スマイル倶楽部にマレーシア人、いないよ」

「国はどうでもええ。そのおなごに見覚えはないんか」

また、女が顔を左右にふった。のっぺらぼうの面に厚化粧。どことなく男好きのする雰囲気を漂わせているが、喰わせ者のようにも見える。

白岩はポケットをさぐった。

「おやっさん」と、佐野があわてて声を発した。

「なんや」

「もうカネは握らせてます」

女が佐野をにらみつけた。咬《か》みつかんばかりの形相になった。

「かまへん」

白岩は、五万円をさしだした。

女が奪うようにとり、丁寧に枚数をかぞえる。

「どうや、思いだしたか」

「似てる子がいる」

「おんなじ店か」

「ちがう。けど、チェーン店。パラダイス倶楽部ってお店よ」

「名は」

「お店ではアザミ、本名はわからない」

「なんで知ってる」

「バスで見たことある」

「ホステスを送り迎えしてるんか」

「そう。歌舞伎町の三つのお店の子たち、一緒に行動させられる」

「住まいはどこや」

「大久保のアパート。八部屋あって、全員が住んでる」

「何人おる」

「だいたい四十人ね。ひと部屋に五人か、六人いる」

「タコ部屋か」

思わずでた言葉だったが、女はくすっと笑った。意味を知っているようだ。

「アザミの住んでる部屋は」

女が視線をそらし、とぼけ面に戻した。

「なめたらあかん」

口調がやさしすぎたのか、女はそっぽをむいたまま反応しない。

「こら」

佐野がすごんだ。

一瞬、表情を強張らせたが、女は口をひらかなかった。

自国での暮らしや、海を渡った背景はどうであれ、他国ではしたたかに生きるしかない。頼りはカネだ。日本で夢がしぼむような劣悪な環境におかれる者はなおさらに、ほかに頼るものがない。さみしさや不安も、手にカネを握っていれば、すこしは薄れるのだろう。

白岩は、おなじ口調で訊いた。

「アザミの歳はいくつや」

「たぶん二十二、三」

「おまえとおなじくらいやのう」

女が笑みをひろげた。

「お世辞、うまいね」

「わいの好みや」

「ほんと。じゃあ、遊ぶ。別料金になるけど」

「こんどな」

白岩は腰をあげた。

「だめ」

ひきつった声が響いた。

「あと二十分、いてくれないとこまる」

「ホテルも監視つきか」

「そう。そのまま逃げだした子、何人もいる」

「スケベ男の財布を盗んでか」

女の眼が怒った。

「チップよ」

「出張は九十分です」と、佐野が言う。

女があとをついだ。

「早く出れば、お客さんに嫌われたと思われる」

「そうなったら、どうされる」

「お客さんが文句を言えば、相手した子はおカネをもらえない」

「えげつないわ」

「えっ、なに」

「かわいそうやと言うたんや」

「しかたない。ここは外国」

女が口元で笑った。悲しむでもない、己を卑下するでもない、さめた笑みだった。

「いろいろ思いだしたら電話をくれ」

白岩は、ベッド脇のサイドテーブルの紙に携帯電話の番号を書いた。

「ケータイくらいは持ってるやろ」

「ある。でも、登録できない」

「チェックされるんか」

「そう。アパートに帰ったら、すぐに身体検査される」

「難儀やのう」

「大丈夫よ」

女が声をだして番号を読む。二度目から諳《そら》んじて、三回復唱した。


白岩は、ひと足先にラブホテルをでた。

ホテル街の路地を歩きながら周囲に神経をそそぐ。

ネオンのこぼれ灯が届かない場所のところどころに、似た顔つきと雰囲気の男どもが立っていた。忠信会の木下とおなじ稼業を営む者が大勢いるらしく、薄闇に立つ男らは一様に、白岩をちらっと見ては、すぐに視線をそらした。見知らぬ顔への興味はあっても、危険なにおいを感じとって、面倒をさけようとしているようだ。

区役所通に面した雑居ビルの三階にあるパラダイス倶楽部に入った。

店内にはホステスたちの媚《こび》を売る笑顔が氾濫していた。

ざっと見渡して十二、三人か。大半は二十代前半に見えるが、あきらかに三十半ばと思われる女もいる。ついさっき近くのラブホテルで話した女もベテラン組のひとりだ。

先客は三組、八名。女たちを舐めるように見つめる者もいれば、マイク片手に大音量で歌う者もいる。連中は、欲望がわかなければ、飲んで歌って帰るらしい。系列のスマイル倶楽部に行った佐野の話では、一人一万円の飲食料金をとり、それとは別に、女を外へ連れだせば九十分で二万円のデート料金を前払いさせられるそうだ。

さっきの女が口にした三店舗は、いずれも忠信会の木下が女にやらせている。

けばけばしいドレスを着た女と、ミニスカートにタンクトップ姿の女が席についた。ドレスの女は四十歳前後に見え、渡された名刺にはママと書いてある。色が白く、顔の輪郭がはっきりしている。中国人か、その血が濃くまじっていると思えた。

「初めてですか」

流暢《りゅうちょう》な日本語だった。しかし、言葉とは裏腹に、顔には警戒感がにじんでいる。

「極道者はあかんのか」

「そんなことはないけど、一見《いちげん》さんはめずらしいので……どなたかの紹介ですか」

「知り合いに、ええおなごがおると聴いてな」

「たくさんいるでしょ」

ママが左右に視線をやる。

「それに、良心的な料金で、一時間一万円ぽっきりなの」

「連れだすのは、なんぼや」

「あら。そんなお店ではありませんよ。うちはまじめな子ばかりで、ほとんど留学生なの。同伴もアフターもいっさいさせていません」

白岩は水割りをあおった。

どうやら無駄足になりそうだ。ママは本業のほうの客の選別をまかされているらしい。そのうえ、警戒感をゆるめようとはしないので、席を離れないかもしれない。

十五分ほど経って、佐野がやってきた。予定どおりだ。

若い女が二人になったが、彼女らの顔に笑みはない。ママの顔つきがそうさせるのか、彼女らも客を見る眼が肥えているのか。

ママの相手は佐野にまかせ、白岩は、店内に視線をめぐらせた。

フレアらしき女はいない。

となりの女に話しかけた。

「ここは何人おるねん」

「在籍は二十名よ」

応えたのはママだった。耳にもしっかり神経をとがらせている。

白岩は、ママの口調が雑になったのが気になった。

「この不景気に繁盛しとるんやな」

「かわいい子が多いし、明朗会計ですから」

「けっこうなことや。日本人も見習わなあかん」

「日本の男性はまじめで勤勉だわ」

「ついでに、女好きや」

ママが初めて笑った。それでも、さぐるような眼光は変わらなかった。

佐野が視線をフロアにむけた。顔がぎゅっと引き締まる。

二人の男が白岩めがけて、まっすぐ近づいてきた。

初対面になるが、ひとりの素性はわかった。忠信会の木下宏である。

四十歳で忠信会の若頭補佐を務めているのだから、それなりの器量があるのだろう。濃紺のスーツを着て、ネクタイを締めている。

木下が、白岩の正面に立ち、眼元にぬかりない笑みをうかべた。

「白岩さんですね」

「おまえは」

「忠信会の木下です。座ってもかまいませんか」

「ああ」

木下が腰をおろした。

供の男は、空いているとなりの席の、木下の左側で背筋を伸ばした。ちょうど、佐野と木下のあいだになる。あくまで若造だが、こういう場面での役割は心得ているようだ。

白岩は、木下とグラスを合わせた。

「様子を見に、飛んできたんか」

「ここは同業者の入店を禁じているので店長が連絡をよこしたのですが、雰囲気を聴いて白岩さんにちがいないと……粗相があってはいけないので、ご挨拶にうかがいました」

「律儀やのう」

「関西の大親分にお越し願って恐縮です」

「やめんかい。わいは、遊びの場では肩書を名乗らん」

「申し訳ありません。ところで、歌舞伎町へはよくこられるのですか」

「初めてや」

「まさか、自分に会うために」

「心あたりでもあるんか」

「いえ。ですが、なんとなく気になりまして」

「ええ勘しとる」

白岩は、写真を見せた。どうせ、木下はFSSAの新田にいろいろ聴いているはずだ。

「どうや。おまえの店にはおらんか」

「いませんねえ。国籍とか名前をご存じですか」

「いや」

「心あたりに訊いてみましょうか」

「いらん」

「しかし、こうして足を運ばれてるのですから……」

「もうええ。消えんかい。おなごらが固まっとる」

木下の眼光が増した。

「大先輩とはいえ、お言葉がすぎやしませんか」

「おまえが看板を口にするからや」

「ここは東京……それも、うちの島内《しまうち》です」

「それがどないした」

眼の端で、供の男の肩が動くのを見た。右手が腰に移動する。

佐野がわずかに腰をうかせた。佐野は凶器を持ち歩かないけれど、素手でも、あっというまに五、六人は倒せる。少林寺拳法の腕前は一級品で、十代後半はストリートファイターとして梅田界隈で名を売っていた。白岩も夜の北新地《きたしんち》で喧嘩を売られた口で、かなり手こずったが佐野を地面に這《は》わせ、のちに再会したのを機に、乾分にした。

木下がふうっと息をぬいた。

「お邪魔しました。ゆっくりお遊びください」

木下らが去っても、女たちの顔は元に戻らなかった。声もでない。木下を見送って戻ってきたママの顔も青白く見えた。

白岩は、佐野に声をかけた。

「わいは先にいぬ。おまえはこの子らを楽しませたれ。きょうは帰ってこんかてええぞ」

「おすっ」

白岩は、女たちの胸の安堵を感じとって、席を離れた。

路上までついてきたママに十万円を握らせた。

「あいつは性欲のかたまりやさかい、頼むわ」

「わかりました」

ようやく、ママの表情がやわらいだ。

白岩は腕時計を見た。時刻は午後十一時。半端でまずい酒に、身も心も不満がっている。

気分転換に立ち寄った銀座のクラブ・遊都で長居をしてしまった。

軽く飲んで自室に帰るつもりだったのだが、女たちに囲まれ、気がつけば閉店の時刻になっていた。パラダイス倶楽部に忠信会の木下があらわれたことで幾分か気が楽になった。正面きっての挨拶の直後には手荒い行動にでないという読みがある。

鮨屋のカウンターに菊とならんで座ってすぐに、携帯電話がふるえた。

白岩は、外にでて携帯電話を耳にあてた。

《アザミのことだけど……》

声がくぐもっている。それでもラブホテルで会った女だとわかった。

《わたしを逃がしてくれるのなら話してもいい》

「フレアを知ってるんやな」

《……》

「いま、どこや。これから会おう」

《いまは動けない》

「いつ会える」

《その前に、おカネと、わたしの身の安全を約束して》

「約束する。無事に国に帰れるようにしたる。会う時刻と場所を言え」

《あしたの昼の一時に、高田馬場の駅前でどう》

「JRの改札でええか」

《必ずわたしを助けてね》

切羽詰ったような声が届いて、電話がきれた。

白岩は、口をまるめて息をつき、店に戻った。

菊が不安そうなまなざしをくれた。

「どうしたの」

「ん」

「白岩さん、こわい顔になってる」

「そうかな」

「初めて見る顔よ」

「おまえ、これまでわいをこわいと思うたこと、なかったんか」

「ないよ。女の人にやさしいの、眼と雰囲気でわかったもん」

「変わっとる」

「そうかなあ。女は、強さとやさしさ、両方を持ってる男に惹かれるものよ」

「……」

「ねえ、おしえて。なにがあったの」

白岩は無言で冷酒をあおった。歌舞伎町での出来事も、さっきの電話の内容も教える気がない。女を相手に、極道社会にかかわる話はいっさいしないと決めている。

それに、いやな予感がする。胸騒ぎはたいていの場合、悪い結末にたどりつく。その模糊《もこ》とした不安を口にする気もない。

菊がのぞきこむように顔を近づけた。

「ふくらはぎの人のことで、面倒になってるの」

「おまえは気にせんでええ」

「気になるよ。わたしが白岩さんをけしかけたせいで……」

「なんべんも言わせるな。わいの気まぐれや」

「けど、こわい顔してる」

白岩は、煙草を喫いつけてから、菊を見つめた。

「やっかいなことになりそうな予感がする」

「どんな」

「おまえとは会わんほうがええかもしれん」

「ええっ」

「しばらくのあいだのことや」

「予感の話を聴かせて」

「話すもなにも、ただの勘や」

「あの人を見つけたの」

「まだや。見つけたら、おまえに言う」

「途中経過は教えてくれないのね」

「そういうことや」

ほどなくして鮨屋をでた。

午前二時をすぎ、銀座の街は深閑として、酔客の姿も見かけなかった。

ラブホテルで会った女は一時間あまり待っても約束の場所にあらわれなかった。みずからの意志で、それも、カネと身の安全を求めてきたのに、電話すらかけてよこさない。

女の身になにかがおきたのか。あるいは、心変わりをしたのか。様子をさぐるべく、三人の乾分に、忠信会の本部事務所と大久保のアパートを監視するよう指示したけれど、いまのところ異変を感じさせる報告はない。

白岩は、リビングにため息を残し、浴室に入った。

じっと鏡を見る。

まだお節介をやめられないのか。

右頬の古傷にたしなめられた気がして、白岩は乱暴に水道の蛇口をまわした。

どっと流れでる水を両手ですくい、顔にかけた。

何度かけても、不安といらだちの色は消えない。

部屋に戻り、つけ放しのテレビに顔をむけたとき、携帯電話が鳴った。

白岩は、すばやくパネルを見た。待ちわびる相手ではなかった。

《木村です。十分ほど前、警察関係者から、女の遺体が発見されたと連絡がありました》

「なんやと」

とっさに、昨夜の女の顔が思いうかんだ。

《あなたが歌舞伎町のラブホテルで会った女です》

「わいを尾《つ》けてたんか」

《いえ。例の風俗店を監視していた部下のひとりがあなたのお身内を見かけ……》
「おんなじことや。けど、まあええ。で、電話してきたんやさかい、殺人《コロシ》やな」
《はい。暴行のうえ、絞殺されたようです》
「殺された時刻は」
《きょうの午前二時から四時にかけてとか。死体が発見されたのはきょうの午前十一時で、ホテルの従業員が見つけたそうです》
「まさか……」
《その、まさかです。あなたが入ったラブホテルで殺されたのです。もちろん、あなたが昨夜の十時すぎにホテルを出られたのも、お身内の佐野さんがその十分後にでたのも、当方は確認済みです。しかし、女はそのままホテルに残っていました。残念ながら、当方は、女がいた部屋に別の者が訪ねたのかどうか把握できていません》
「なるほど。防犯カメラを見た刑事がわいのところへ来ると教えたかったんか」
《それもありますが、殺された女との会話の中身が気になりまして》
「あのあと、深夜の一時半ごろ電話があって、きょうの昼に会う約束をした」
《フレアに関する情報の提供ですね》
「見返りとして、ゼニと身の安全を要求された」

《白岩さん》
木村の声が鋭くなった。
「なんや」
《責任を感じられてるのですか》
「おまえには関係ない」
《しかし……》
「よけいな気はまわすな」
白岩はつっけんどんにさえぎった。
《いま、どちらに》
「自宅や」
《捜査の進捗状況はもらさずご報告しますが、その前に……今夜にでも、新宿署の連中がそちらを訪ねる可能性があります》
「事実を話すまでや。もちろん、電話の話は伏せるけどな」
《それで結構です。くれぐれも相手の挑発には乗らないでください》
「わいをパクりたい理由でもあるんか」
《殺人事件の捜査本部のほうはないでしょうが、ＦＳＳＡと忠信会の周辺をうろつかれると

こまる連中がいるようです》
「おまえ、なにをつかんだ」
《その件についてはあすにでも……そのためにも穏便《おんびん》にきりぬけてください》
「念を押すな。いま留置場で寝てるひまはないねん」
《それを聴いて安心しました》
「ところで、おまえは関西方面にも情報網を持ってるんか」
《多少は。お知りになりたいのは予備校の京英塾でしょうか》
「さすがや。理事長の人脈を調べてくれ」
《わかりました。じつは、会って話したい中身に京英塾も含まれているのです》
「楽しみにしとる。それと……言うまでもないわな」
《はい。あの方とのご縁、切りたくはありませんので》
木村がさらりと応えた。
「関西分は別途、百万円を振り込んでおく」
《ありがとうございます。警察のほうが面倒になりそうでしたらご連絡ください》
「心強いわ」
電話をきるや、佐野に連絡し、若衆らにそれぞれの現場を離れるよう指示した。被害者の身元が割れたのなら、捜査の対象は、風俗店だけではなく、忠信会にも及ぶだろう。佐野はホテルの防犯ビデオに映っているはずなので、遅かれ早かれ警察の事情聴取の対象になる。ラブホテルと忠信会がつながっているとすれば、木下に狙われる可能性もある。今夜はどこかのホテルに身を隠し、自分が連絡するまで動かないよう命じた。

三十分ほどがすぎて、チャイムが鳴った。

モニターの画像に、ぎょろ眼の男が映っていた。

部屋に入ってきたのは二人だった。ひとりは新宿署暴対係の立花茂。連れの男は、頭蓋骨に皮膚を貼りつけたような面相で、いかにも老獪《ろうかい》な刑事に思えた。

立花が白岩の正面に、初顔の男はそのとなりに座る。

白岩は、立花に視線をすえた。

「こんな夜ふけに、なんやねん」

「東京のニュースには興味ないのか」

「はあ」

「きょうの未明、パキスタン人の女が歌舞伎町のラブホテルで殺された。どういうわけか、あんたがそのホテルの防犯カメラに映ってた。それで……」

立花が左手をとなりに伸ばした。

「生活安全課の平井《ひらい》誠二郎《せいじろう》さん。俺とは同期で、防犯の係長だ」

「わいは殺人の容疑者か」

「そっちは、あすにでも捜査本部の連中が来るだろうよ」

「ほな、おまえがのこのこ現われたわけはなんや」

「被害者と、どんな話をした」

「世間話や」

「ふざけるな」

平井が語気を荒らげた。早くもくぼんだ眼が熱く見える。

立花が手のひらでなだめた。

「協力してくれないと、署に同行願うことになるが、いいのか」

「好きにさらせ」

「被害者をスマイル倶楽部から連れだしたのは、ここの支部長の佐野裕輔。だが、それは買春目的ではなく、あんたの命令で、そうした。ここまでは認めるな」

「認めたる。けど、理由は教えられん。わいは殺人にはかかわってへん」

「そう言いきれるのか。あんたは、きのうの九時五十分にホテルの客室に入り、十時二十分にでた。佐野は九時四十分に入り、十時三十五分に出てる」

「おなごは部屋を出んかったんか」

「教えられん。しかし、おなじ部屋で殺害されたのは事実だ。防犯カメラには映っていなかったが、あんたか佐野が戻った可能性も捨てきれん」

「あほか」

「午前二時から四時のあいだ、あんたはどこで、なにをしてた」

「ここで寝てたわ。あいにくおなごをきらしとって、証人はおらんけどな」

白岩は平然と嘘をついた。長尾菊を巻き込むわけにはいかない。

「佐野は」

「知るか。本人に訊け。なんなら、出頭するように言うたる」

「それはありがたい。なにしろ、あんたと佐野は被害者と最後に接触した人物だからな。殺害の動機、俺はあんたの行動に関係があるとにらんでる」

「おまえは関係ないんか」

「なにっ」

「忠信会の木下とは仲よしのようやが」

「ふざけるな。俺の島内のやくざ者だ」

白岩は、顔を平井にむけた。

「あんたはどうや。木下の店の面倒をみてるんか」

「仕事の範囲だ」

「それなら、おなごが働いてた店のガサ入れでもせんかい」

「おまえの指図は受けん」

「新宿署の連中は蜜に群がるのがうまいようやな」

「きさまっ。われわれを愚弄する気か」

「まあまあ」

また立花がなだめ、白岩にむかって口をひらいた。

「きょうのところはこれで引き揚げるが、しばらく東京を離れるな」

「そうもいかん」

「何度でも言うが、ここは東京なんだ。警視庁が支配してる。勝手なまねは許さん」

「たまには大阪府警を見学にこいや」

立花が口元をゆがめた。

代わりに、平井が声を発した。

「事情聴取には応じるんだな」

「おまえ以外の担当ならな」

「佐野はどこにいる」

「知らん」

「あしたまでに出頭しなかったら、買春容疑で逮捕状《フダ》をとる」

平井が席を蹴った。

座ったままの立花がぐいと顔を近づける。

「東京をなめるなよ。もめ事をおこしたら、なんとしてでもパクるぞ」

「ふん」

白岩は、視線をそらし、スコッチのボトルをグラスに傾けた。


タクシーで赤坂のホテルの裏玄関に乗りつけ、エレベータで五階にあがる。ロビーを横ぎって正面玄関にぬけ、そこで待機する車に乗り移った。

優信調査事務所の木村の指示は細《こま》やかだった。

それが慎重すぎてわずらわしいという思いは、タクシーに乗ってすぐに消えた。陽射しにさえぎられて車内の者の顔はわからなかったが、あきらかに尾行されていた。木村は警察内部の情報に強いばかりか、警察官の行動までも把握しているようだ。

古川の運転で日比谷公園の地下駐車場へもぐり、そこでアルファードに乗りかえた。

ふたたび地上へ出て、いまは混雑する都心の一般道路を走っている。

白岩は、アイスコーヒーを飲んでから訊いた。

「佐野はどうしてる」

支部長の佐野に出頭するよう命じたのはきょうの午前中だった。

木村が腕時計を見る。時刻は午後四時をまわったところだ。

「取り調べの最中ですね」

「どこが担当してる。殺人事件の捜査本部か」

「生活安全課の防犯です」

「平井か」

「ええ。まずは買春容疑で立件に持ち込む腹でしょう」

「どうあってもパクる気やな」

「最終的には略式起訴になるでしょうが、一泊二日では済まないと思います。自分が暴対係の立花であれば、そうします。あなたの動きを牽制するために、防犯と連携して佐野さんの身柄を押さえておく。時間稼ぎのために、捜査本部の訊問も受けさせる」

「けったくそ悪い」

「予想の範囲内なのでは」

「まあな。極道者は立ち小便しても二十一日間は泊められる」

「暴力団を相手にどんな手口を使おうと、マスコミはたたきませんからね」

「ホステス殺しの捜査は進んでるんか」

「まだ初動の段階です。しかし、新宿署の動きがにぶいのはいささか気になります」

「やる気がないんか」

「殺人事件のほうではなく、あなたの行動に対してです。昨夜の訪問も、あなたの話を聴くかぎり、さぐりを入れてきた感じがする。あなたが正面きって喧嘩を仕掛けたのに、幹部連中はともかく、立花らの対応が手ぬるい」

「ゲスらは正面から勝負をいどまれると、その裏を考えたがるもんや」

「疑心暗鬼に陥る……でも、それだけでしょうか」

「どういう意味や」

「自分には、もうひとつ、隠された理由があるように思います」

「ん」

「忠信会も同様です。肩書は若頭補佐でも、老齢の会長は隠居同然で、会長の腹心の若頭も心臓病の不安があり、組織の実権を握ってるのは木下です。その木下もめだつ動きをしていない。自分らの米櫃《こめびつ》が荒らされたのに、それも、関西極道のあなたに掻きまわされているのに、報復の準備をする気配も見せません」

「……」

「心あたりがおありなのではありませんか」

白岩は、木村の話を聴きながら、己の決断を急いでいた。

「教えてください。どうして、いきなり敵陣に乗り込んだのですか」

「まわりくどいのは苦手やねん」

「そうは言っても、ゆきずりの女のために……」

「酔狂と思うてくれ」

「二千余名の乾分を束ねる人が、酔狂で己の体を張るのですか」

「そないたいそうなことか。約束した。いや、させられたんや」

「長尾菊さんにですか」

「約束したら守らなあかん」

「うらやましい。酔狂とやらを、自分も体験してみたくなりました」

「やめとけ。おまえも組織もリスクを負う」

「あなたは負わないのですか」

「負いっぱなしや。で、なれとる」

「まだ、いたのですね」

「あほなやつか」

「しのぎのためにはなんでもやる。暴力団の連中が体を張るといっても、それはすべておカネのためと思っていました。なんの得にもならないことに、そこまでやる人がいるなんて……ほんとうに自分は驚いています」

「そら、ちがう」

「どこがですか」

「体を張る根性も覚悟もないさかい、いまのやくざ者の多くは、弱い者をいじめ、おなごや年寄りをだますことしかできんのや」

「なるほど。おっしゃるとおりです」

「わいかて、えらそうに講釈をたれられる男やない。所詮は極道者や」

「自分は、極道者のあなたにではなく、白岩光義という男に興味がわいてきました」

「ホモか」

木村が眼で笑った。

白岩もおなじ仕種を見せた。

「お応え願えませんか。心あたりがあるのかどうか」

「ええやろ」

　座席にもたれてから言葉をたした。

「京都の京英塾、わいと無縁というわけやない」

「一成会の事務局長、門野甚六《かどのじんろく》さんの縁ですか」

「ほう。そこまで調べたんか」

「自分の、元の職業、ご存じなのでしょう」

「警視庁の公安部におったんやな」

「はい」

　木村が澄まし顔で応じた。

「公安刑事のなかには、マル暴部署の連中とつながってる者が多いのです。外国人犯罪のほとんどに日本の暴力団がからんでいますからね」

「外国人と暴力団、どっちが主導権を握ってる」

「面子《メンツ》は暴力団、実益は不良外国人というところでしょうか」

「そうやろな」

「関西はどうなのです」

「よそ者の好き勝手にはさせん。戦後の、関西の極道社会の歴史は、日本人と外国人の戦いから始まった。血で血を洗う抗争や。そののち、日本人と在日との微妙な調和のなかで極道者は生きてきた。アジアや南米の悪どもがつけ入る隙などないわ」

「東京の暴力団も、バブル崩壊後の一時期、歌舞伎町や六本木などで、不良外国人らを撃退しようとする動きがあったけど、結局は妥協し、共存の道を選んだようです」

「共存てか」

「白岩さんはどう見られてるのですか」

「関東のやくざ者は恐れをなしたんや。で、面子だけを護《まも》った」

「暴力団と不良外国人、根性の差ですかね」

「ちがうな。ゼニや。ゼニへの執着心がまるでちがう。日本のやくざはゼニ儲けをし、そのゼニを使うて組織のなかでのしあがろうとする。つまり、ゼニは己に箔を付けるための武器なんや。むこうの連中にそんな野心はまるでない」

「おカネがすべてというわけですか」

「そうよ。そやさかい、連中はなんでもやりよる。ためらいもなく人を殺し、ゼニを奪う。関東のやくざどもは、一銭にもならん喧嘩に命を賭けるより、連中の荒仕事を裏で支援し、上前《うわまえ》をはねることにした。その一方で、弱い者いじめに精をだしとる」

「今回の件もそうですよね。夢をふくらませてきた貧しい留学生からしぼりとってる」

「ほんま、情けない」

　木村がひと息の間を空けた。

「話を戻します。今回のご依頼、門野さんの存在が意識の底にあったのですか」

「あるわけないわ。消えたおなごの捜索……その一点やった。けど、おまえの報告を聴いて、門野の顔がうかんだのは認めたる。門野は、京英塾の理事長と仲よしやねん」

「仲よしという程度ではありませんね」

「ほう」

「京英塾の理事長がこの二か月あまりで三度も上京していましてね。そのうち二度は、門野さんが同行しています。ちょっとばかり気になったので調べてみたところ、どうも東京にある大手の福祉専門学校を買収する計画があるようで、京都出身の政治家を介し、関連省庁や都庁の幹部らと会食をかさねているとか。未確認ですが、養護施設や老人ホームなどにも触手を伸ばしているという噂もあります」

「その会食に、門野も同席したんか」

「はい。同席した者の話によれば、門野さんを京英塾の顧問と紹介されたとか」

「京英塾は極道者の養成所か」

「京英塾の関連企業に京英コンサルタントと京英企画があるのですが、その両方に、顧問として門野甚六の名が載っています」

「なるほどな」

「なにか、心あたりでも」

「門野は策士や。京英塾の東京進出を利用して、罠を張りめぐらせた。あるいは、東京進出そのものも門野の進言によるのかもしれん」

「関東にはすでに一成会と友好な関係にある暴力団がいくつか存在しています。そんなことをしてはもめるのではありませんか」

「関東の組織どうしの、面子としのぎを賭けた争いならともかく、連中は一成会と軋轢《あつれき》がおきるのを望んでない。門野ならそのへんもしっかり計算できる」

木村がおおきく息をついた。

白岩は、口をつぐみ、あふれでそうな疑念をおさえた。

木村の仕事ぶりは迅速かつ的確で、文句のつけようがなく、頼りにしているけれど、極道社会の深部に足を踏み込ませるわけにはいかない。

もしもの事態が起きれば優信調査事務所の存続があやうくなる。木村や部下の調査員の身に直接の被害はなくても、事務所に一発の銃弾が撃ち込まれるだけで、これまでに築きあげてきた実績や信頼が吹っ飛んでしまう。

いまの世のなかは、縁故や人情よりも、リスクの有無が行動の基準になっている。リスクを背負わない生き方がまっとうで、組織にとっても、個人にとっても、正しいことなのだという風潮が蔓延している。

「京英塾の理事長と門野さんの周辺をくわしく調べます」

「せんでええ」

「仕事ではありません。酔狂のお手伝いです。なので、部下は使いません」

「好きにさらせ」

そう言い放つしかなかった。木村はすでに情報をかき集めているにちがいない。

「ところで、ＦＳＳＡや忠信会の悪行と、新宿署の腐敗……どうしましょうか」

「わいには関係ない。アンジェリカとフレアが無事に見つかれば、それでおしまいや」

「新宿署の腐敗は自分が利用させていただくにせよ、ＦＳＳＡもほっておくのですか」

「極道者が慈善事業に口をはさむなど、おこがましいわ」

「本音ですか」

「ん」

「自分は、電話でのあなたの言葉が気になっています」

白岩は無言で木村をにらんだ。

もはや酔狂で済まされなくなったことは自覚している。身からでた錆《さび》とおなじで、酔狂の後始末をつける覚悟もできている。

だがしかし、そのことを木村に吐露するわけにも、悟られるわけにもいかない。

「あなたが、殺された女のためになにかをなさるのであれば……」

「なんもせん」

「それなら、自分にまかせてくれませんか」

「どうする気や」

「自分なりのやり方で、殺された女の仇をとります」

木村がわずかに頬をゆるめた。照れるような、はずかしがるような顔つきになった。

白岩は、初めて木村の笑顔に隙を見つけた。

「気の済むようにせえ」

「もうひとつ、長尾菊さんの警護を強化してもよろしいですか」

「ということは、すでに警護してる」

「はい。あなたの依頼を受けたときに、独断で決めました。あなたが直接行動にでた以上、その報復がないとはかぎりません。卑怯な連中は必ず、相手の弱点というか、身ぢかで弱い立場の者に牙をむけます」

「連中がアンジェリカを捕らえた気配はないのやな」

「そう確信しています。もし捕らえられていれば、奪い返します」

「おまえの仕事やない。その場合は、すぐに連絡せえ」

「これから大阪へ戻られるのでしょ。状況しだいということで了承ください」

「あかん。手遅れになりそうなときは、警察に頼め。気心の知れた連中にな」

「わかりました」

木村が運転席に声をかける。

走る前線基地が東京駅へ向かってスピードをあげた。

第二章　疑念

白岩光義は、藤棚の下のベンチで、老女の背を見つめていた。

なで肩の、華奢《きゃしゃ》な体つきが地蔵のようだ。

「花房のことは気にするな」

ゆるやかな風に乗って声が届いた。

花房勝正《かつまさ》の女房の愛子《あいこ》がふり返り、ゆっくり近づいてくる。

「おまえは、己《おのれ》と組のことだけを考えとれ」

姐はいつも男言葉を使う。

「そうはいきません」

姐がむかいのベンチに腰をおろすのを待って、言葉をたした。

「わいも花房組もおやっさんの一部やさかい」

「あほ。死んで行く者にすがってどうする。黙って、静かに見送らんかい」

おやっさんは逝きません。逝かせません。

そうは言えなかった。姐は先を見すえて、心構えを説いているのだ。

姐は気丈な人である。一途でもある。

——あんまし煮えきらんさかい、うちが酒を飲ませて犯したったんや——

かれこれ二十年前になるか。暮れのある夜、花房の自宅に招かれ、花房夫婦と三人で鍋を囲んでいるとき、めずらしく酒のすすんだ姐がそう言い、胸を張って、こうつけ加えた。

——わてはな、男を見る眼があるねん。光義っ、われもええ男になるで——

あのときの、自慢げな姐の顔と、にやにやする花房の顔は忘れない。

花房が逝けば、姐はどうなるのだろう。

そう思い、あわてて不謹慎な雑念を追い払った。

姐は花房より二つ上の七十四歳だが、これまで大病を患ったことがない。風邪をひいて熱をだしても、虫歯で頬を腫らしても、寝込むとか、泣きを見せるとか、いっさいなかった。かといって、花房の前にでるどころか、横にならぶことすらなく、若衆らを叱咤《しった》することもなく、ふと視線をやると、そこに姐がいるというふうであった。

そんな姐が花房を失えばどうなるのか。考えたくもない。

「わいが、もっとええ病院を見つけます」

「おまえも知ってのとおり、花房は頑固者や。一度はこの病院で命を助けられた。医者にああ言われても、ここを離れるとは思えん」

「わいはあんな診断、絶対に認めまへん。日本一設備の整った病院で最新の治療を受けるべきやと思います」

白岩は語気を強めた。

――あと三か月と思ってください――

――どあほ。人の寿命を勝手に決めるな。治療に専念せんかい――

怒鳴りつけて院長室を飛びだし、駆け込んだ裏庭で姐の背を見つけたのだった。

「おまえの気の済むようにしてかまへんけど、決断するんは花房や」

「病院を見つけたら、姐さんも説得してください」

「わては、あの人の意志にしたがう」

「死への覚悟など、万策が尽きたあとで充分です。わいは……おやっさんに……姐さんにも、一日でも一秒でも長生きしてもらいたい」

白岩は、声を詰らせながらも、胸のうちを吐きだした。

「おまえは、いつまで経っても親離れできんのう」

「できません。したくもおまへん」

姐の顔にあいまいな笑みが浮かび、ぐずる子どもに手を焼くような表情になった。

藤棚のこぼれ陽が姐の麻地のワンピースに紋様を描いている。

風が吹いて、その紋様がゆれた。

白岩は、応接室のソファで眼をつむり、飛び交う男どもの声を聞き流していた。というよりも、耳に入らないのだ。鼓膜には先刻の院長の言葉がへばりついている。

――あと三か月と思ってください――

ふざけたことをぬかすな。

病院から帰る道すがら、呪文のようにぶつぶつと怒りを吐きだしていた。

花房組の本部事務所は、北区曽根崎《そねざき》の露《つゆ》の天神社《てんじんしゃ》、通称、お初天神の近くにある。

病院へ同行した若頭の和田《わだ》信《まこと》が連絡したのか、男たちが駆けつけてきた。いずれも先代の花房と縁が深く、白岩にとっては、伯父貴、兄弟にあたる者たちだ。

「聴いてるんか、二代目」

甲高い声がした。花房とは兄弟の仲で、一成会の舎弟のひとり、友田健三《ともだけんぞう》である。白岩よりも二まわり上の七十一歳で、小柄な体軀《たいく》ながらも声には力がある。

白岩は、眼をあけ、正対する友田に視線をすえた。

来客は三名いる。左側のソファにならぶ石井忠也《いしいちゅうや》と金古克《かねこまさる》は、二年前まで花房組の若衆だったが、白岩が花房組を継いだとき、一成会の直系若衆へ盃を直した。花房の親心による。

「親孝行は、親が生きてるうちにするもんや」

「わかってます」

「おまえの恩返しはひとつしかない。それもわかってるんやな」

「よう、わかってます」

「本家の七代目を獲《と》る準備、急がんかい」

「六代目は健在です。引退の噂もないのに、そんな話をしとったら、世間に笑われる」

「ねぼけたこと、ぬかすな。そもそも六代目は、本家若頭として一成会に尽力した花房の兄弟がなるべきやったんや」

「終わったことを……」

「おんどれ」

　友田が細い顎をしゃくった。

「あんときの、己の悔し涙、忘れたんか。拗《す》ねて、ごねて……本家の直系にはならん。戦争してでも親分を本家のてっぺんに立たせると……あれは寝言やったんか。本家の若頭補佐に抜擢されて、心も体も満足しきったんか」

「そりゃ、言いすぎでっせ」

石井が口をとがらせた。

かつて、石井と金古は花房組四天王として、白岩とともに、組の隆盛に貢献した。四天王のひとりの細川守は、本家への盃直しを固辞し、二代目花房組の舎弟となった。現在は、三年前の事件での刑が確定し、刑務所に収監されている。

友田の剣幕は収まらない。

「おまえら、黙っとれ」

白岩は、石井と金古を眼で制し、口をひらいた。

「わいは、一成会のてっぺんに立つと決めとる。けど、いまは戦機やない」

「時間もないわ」

「わいは、医者の話を信じてへん。先代は、これまでも病魔に勝ってこられた」

この十年あまり、花房は入退院をくり返してきた。

持病の糖尿病や不整脈の治療で短期入院しているうちはまだ意気軒昂で、入院のさなかでも夜の北新地を散歩し、ご祝儀賭場《とば》に顔をだしては朝方まで豪快な博奕《ばくち》を打っていたのだが、五年前に生体肝移植の手術をしたあとはさすがに無茶をしなくなった。

四年前の一成会会長の座をめぐっての争いで、大本命と目されていた花房が、格下の若頭補佐に敗れたのは、六十八歳になる花房の健康状態が不安視されたせいもある。

その一年半後には糖尿病が悪化し、長期間の入院も体験した。退院してまもなく、花房は引退を決意し、二千三百名を擁する花房組を白岩に禅譲《ぜんじょう》すると同時に、引退の餞《はなむけ》として、一成会の六代目に直談判《じかだんぱん》し、白岩の本家若頭補佐への昇格を約束させたという。

その経緯を、白岩は教えられていなかった。

だが、教えられなくとも花房の胸中は痛いほどわかった。己の夢を白岩に託した。一成会のてっぺんへの道筋をこしらえて、引退したのである。

花房は豪放磊落《らいらく》な性格で、現代極道がどこかに捨てた侠気《きょうき》を併せ持っている。その人柄は引退しても同業者に慕われ、いまだ、あれこれと相談を持ちかける親分衆も多い。

「自分も、白岩の兄貴とおんなじ気持ちですわ」

石井が割り込んだ。

「余命三か月と告げられて、三年も五年も生きてる人、ぎょうさんおるそうな」

「兄弟は、もう手術に耐えられん体なんや」

「ガンが手術のしにくい箇所にできたんは聴きました。けど、おととい自分がお見舞いに行ったとき、先代は、若い看護師をからかうほどお元気でした」

「おまえら、のんきすぎる。あとで、後悔するぞ」

「どういう意味ですの」

「花房の兄弟は、六代目と反目する連中の、護《まも》り本尊や。精神的な支えをなくした者が、どうなるか。昔の、一成会の歴史を紐解くまでもないわ」

「自分らはちがいます。本家の直系若衆の半分は……とくに、関西に本部を構える連中は、白岩の兄貴の七代目をめざして結束してる」

「教えられんかて、わかっとる。けど、人の心はコロコロ変わる。なにも、ひと月先の総会で反乱をおこせと言うてるわけやない。根まわしを怠るなと……いざというときにそなえて準備をしとかな、泣きを見るはめになる」

「本家の若頭が自分らの結束を切り崩しにかかるとでも」

「あたりまえや。組織は常に権力闘争をしとる。一流の企業かて、主流派も反主流派も、手柄を競い合い、奪い合い、あわよくば、相手の寝首を掻こうと、虎視眈々《こしたんたん》なんや。まして、わしらは極道者。てっぺん狙うのに、きれいごとは通用せん」

「むこうがきたないまねさらしたら……」

「やめい」

白岩は語気を荒らげた。

おどれら、それでも花房勝正の身内のつもりか。

そう怒鳴りたいのを我慢し、また、眼をとじた。

こんなやりとりを聴けば、病床の花房はきっと嘆き悲しむ。

花房の引き際は見事だった。権力闘争の相手が手段を選ばぬ戦法にでようと、花房は己の、極道者の信義を貫き、そして、敗れた。

「いぬわ」

友田が立ちあがるのは気配でわかった。それでも、眼をあけなかった。

「二代目。よう考えい。花房組は白岩光義だけのもんやないぞ」

「胆に銘じておきます」

扉が閉まると眼をあけ、石井と金古を見すえた。

「おまえらも、いいね。先代の病気の件、本家のだれにもしゃべるな」

「それはわかってるけど、友田の伯父貴……」

石井が言いよどみ、金古があとを受けた。

「勝手なまねをされると、せっかく結束してる仲間が迷うかもしれん」

「ええやないか。そいつらが迷うたあげく、わいから離れようと、寝返ろうと、うらむことやない。わいがその程度の器量で、その程度の仲間やったということや」

石井が深い嘆息《たんそく》をもらし、金古を眼でうながした。

来客が去るとすぐに、若頭の和田が入ってきた。

和田は、花房組四天王のだれよりも古くから花房に仕えていた。職人気質の頑固者で、人づき合いが苦手なせいもあって、同業との人脈は細く、乾分にも恵まれなかった。それでも花房は、裏方の要《かなめ》として和田を重用してきた。

白岩が、己の子飼いではなく、和田を二代目花房組の若頭に就けたのは、そういう背景があってのことだった。もちろん、白岩自身、私利私欲に走らぬ和田の気骨を買っている。五十五歳で親族がいないのも、ある意味、信頼が持てる。

和田がひきつった顔で突っ立った。

「すんませんでした」

「聴いてたんか」

「となりの部屋で……花房組の一大事やと、伯父貴らに連絡したのですが、まさか、あんな生臭い話になるとは思ってもいませんでした」

「最初の二、三分は、おやっさんの病状を案じてたわ」

皮肉まじりの気休めも、しかし、和田には通用しなかった。

「気にするな。あれは憂さ晴らしみたいなもんや」

「親分へのですか」

「友田さんは怨念に凝り固まっとる。おやっさんが六代目になれば自分は執行部に入れると計算してたのに、それがぱあになったばかりか、本家若衆から舎弟に棚上げされた」

「気持ちはわかりますけど、なにも親分にあたることはないと思います」

「わいがのんびりしとるさかい、いらいらするんやろ」

「親分はのんびりなどしてまへん」

「むきになるな」

「けど……」

「おまえの気づかいはようわかってる。けど、これだけは言うとく。二度とでしゃばったまねさらすな。つぎは、破門や」

白岩は、叱ることで、和田の心の負荷を軽くした。だが、言ったことは本音だ。

ジュッと音を立て、たらした醤油が鉄鍋のなかを走りまわる。

仲居がさっと肉を返し、ひと呼吸おいて、声を発した。

「さあ、どうぞ」

白岩は、粗目《ざらめ》と醤油だけで焼いた牛肉を溶き卵にくぐらせ、口に運んだ。

大皿の肉が消え、白岩の指示で仲居が去ったあと、金古克が視線をぶつけてきた。会ったときから不機嫌な面を見せていたが、好物のすき焼を食べても直らないようだ。

「友田の伯父貴、どうやら本気らしいわ。おとといもきのうも、六代目と距離をおく組長連中に会うて、内緒話をしたそうな」

友田らが花房組の本部事務所を訪ねてきたのは三日前である。

「内緒の中身は」

「十月の総会までに道筋をつけるとか」

「どう」

「総会までに、二度の執行部会がある。そこで、事をおこす気とちがうか」

「むりやな。執行部会では若衆や舎弟の意見はとりあげん」

一成会の執行部会は、組織の方針や催事を議論する最高機関である。本家若頭と、五名の若頭補佐、それに事務局長の七名で構成され、その場の決定事項を会長に上申する。あとは会長の胸三寸に委ねられるけれど、四代目以降は合議制を謳っているので、会長が執行部会の決定事項をくつがえすことはめったになかった。

執行部会は、毎月の上旬、浪速《なにわ》区にある本家で行なわれ、全員の出席が義務づけられている。定例総会は四月と十月の吉日と決められており、その日、近畿圏の温泉旅館で、直系若衆と称される、会長と親子の盃を交わした組長連中が一堂に会する。

「おまえ」

　白岩は、座椅子にもたれたまま、眼光を飛ばした。

「友田さんを見張ってるんか」

「そうやない。けど、情報はもれてくる」

「わいのところにはこんが」

「そら、耳に入らんよう、皆が気ぃつこうてるんや」

「しょうもない」

「ほっとくんか」

「どうせえ言うねん」

「伯父貴がしゃしゃりでれば、ろくなことにならん。四年前の、跡目争ぃのときも、友田の伯父貴が根まわしをしすぎて、先代の病気不安説がひろまってしもうた」

「関係ないわ」

「今回は、伯父貴の欲目も見え隠れしてる」

「ん」

「伯父貴の頭のなかには、矢部紀男《やべのりお》がおる。何年か先……兄貴がてっぺんに立てば、そんときは、己の子飼いの矢部を本家の若頭に……」

「やめんかい。よそ様の事情など聴きとうないわ」

「けど、兄貴が極道の筋目をとおしても、ほかの者はどう思うか」

「それも、他人の勝手や」

「今回ばかりは、俺らの言うことも聴いてくれ」

「俺ら……」

「俺は、仲間を代表して、会いに来た」

「友田さんは仲間やないんか」

「先代と兄弟の仲でも、俺らとは温度差も、距離もある」

白岩は、腕を組み、金古の眼をにらんだ。

金古もにらみ返してくる。胆はすわっているようだ。

先に視線を切り、酒をあおった。不愉快な話だが、金古の意気を袖にはできない。

「ほかにも、心配事があるんか」

「九月の執行部会では、高齢で引退される前田さんの補充を決めるんやろ」

「神戸の松沢組長の昇格が内定しとる」

「もうひとつ、席が空きそうな雰囲気や」

「はあ」

「やっぱり兄貴は知らんかったんやな」

「だれが引退するねん」

「岡山の吉本《よしもと》さん。借金で首がまわらんらしい」

その話は知っている。半年ほど前になるか、岡山の清道会《せいどうかい》の吉本会長が訪ねて来て、借金を申し込まれた。吉本崇《たかし》は、花房の兄弟分の跡目を継いだ男で、白岩とは渡世上の遠縁になる。だが、白岩は、その場でことわった。頼まれた額は八千万円。幾度も頭をさげられ、利息の利率も返済期日も聴いたけれど、ことわるしかなかった。

白岩にはカネがないのだ。花房組の資金は潤沢だが、それは白岩のカネではない。白岩の身分は、一般の企業にたとえるなら、雇われ社長である。実際、白岩は、花房組本部に集まるカネのうちの、三百万円を頂戴している。額は一流企業の社長の給料を参考にした。それくらいの自惚《うぬぼ》れはある。花房組の看板を背負っての交際費や、義理掛けの費用は本部の金庫で賄うとはいえ、三百万円は余裕の額ではない。遊びで使うカネはもちろん、部屋住みの乾分のこづかいや、自立している若衆らの無心にも自腹をきる。

そのやり方は花房にならい、そもそもカネには無頓着に生きてきた。

己の一存で動かせるカネは一千万円が精一杯である。それも時による。

吉本は、話の途中から顔を赤らめ、去り際には舌をうち鳴らした。

どうあがこうと倒れるのが眼に見えている組織に人やカネを注ぎ込むのはドブに捨てるの

とおなじである。腐った木は倒れるのが自然なのだ。それでも組織のてっぺんに立つ者は、未練と見栄を引き摺って、なりふり構わず誰彼なくすがりつく。その心中はわからないでもないが、腐った木は土に戻し、新しい苗木を植えるべきである。その支援であればカネも労力も惜しまない。結果として苗木が育たなくてもむだとは思わない。

金古が言葉をたした。

「近々、清道会を解散するとか」

「それを清道会の若衆らは知ってるんか」

「さあ。けど、若衆の大半は親の借金地獄を知ってるさかい、本部に近寄らんそうな」

「難儀な話やのう」

「心配してる場合やないで。矢部がまるごとかかえる話が進んでる」

「ほう」

「借金つきで、組織を五億円で買うという噂や」

「三代続いた老舗が、たったの五億……矢部は極道の看板の値打ち、知っとるんか」

「五億という値は吉本さんが口にしたそうな」

「それなら、ほかにも買手がおるやろ」

「おっても、あかんのや。借金の保証人、矢部がなってる。ノンバンクからの借入は、ほとんどが矢部の口利きでな」

「もうええ。話を戻せ」

白岩は、不快をあらわにした。

「矢部は、老舗の看板を己の傘下に収め、友田の伯父貴の後押しで、まずは本家の若頭補佐の座を狙う魂胆や。これも噂やが、事務局長に、かなりの額の袖の下を渡すとか」

「またか」

白岩はあきれた。

事務局長の門野甚六はカネの亡者だ。六代目の跡目争いでは、土壇場で寝返った。その見返りが事務局長の座の保証と数億円のカネだったことは直系若衆のだれもが知っている。

金古が話を続ける。

「矢部は裏金融の一本道や。出世とゼニになるなら、なんにでも投資しよる。清道会の看板、端《はな》から狙うてたのかもしれん」

「めったなことは口にするな」

「はっきり言うて、矢部など眼中にない。けどな、もし、つぎの執行部会で矢部の昇格が議題にのぼれば、どうなると思う。いまの体制は、六代目の側近の若頭を筆頭に、むこうが四人、こっちが二人。中立は吉本さんひとり。それが四対三になるどころか、事務局長の寝返りまであきらかになれば、むこうは怒るで。血の雨が降ることになるやもしれん」

「ならんわ」

「なんで言いきれる」

「矢部が若頭補佐になったとして、俺を担ぐとはかぎらん。事務局長もおんなじや」

「矢部は友田の伯父貴の意志には逆らえん」

「知恵をまわさんかい。友田さんは矢部をつぎの代の若頭にするんが最後の夢なんやろが。わいにはっぱをかけるのも、矢部がかわゆいからや」

「兄貴はそれを承知のうえで、友田の伯父貴を立ててるんか」

「吠えるくらい、どうということはない。花房のおやっさんの顔もある。ともに戦争で両親を亡くしたおやっさんと友田さんは、手に手をとり合って闇市時代をすごしたそうな」

「どうせ、ガキのころから先代のくっつき虫やったんやろ」

「かもしれんが、おやっさんは実の弟のように思うてる」

「できの悪い弟や」

「おやっさんが後見でいたとはいえ、友田さんが一成会のなかで生き残ってきたんは事実や。それなりに生きる術《すべ》は身につけとる」

「たかが知れてるわ」

「みくびるな。先だっての友田さんの言葉、忘れたんか。権力闘争に手段は選ばんそうな」

金古が口元をゆがめ、押し黙った。

白岩は箸を手にしたが、すぐに戻した。

鉄鍋のなかの具はひからび、こげくさい臭いが立ちのぼっている。


大阪の西、千里丘陵にある病院の裏庭のベンチは、頭上の棚にからみつく藤の葉と、ゆるやかに吹く風とで、居心地のよい空間になっている。

それなのに湿っぽく感じるのは、四日前におなじ場所で姐と向き合ったせいか。

白岩は、病棟を背にし、北の空を見るとはなしに眺めていた。

花房勝正の空元気に苦笑し、頑固加減にあきれ返っている。

どうしたものか。

西の空はるか、ちいさな雲が陽光をはらんで、きらめいた。

真っ青な空に浮かぶその雲に眼が釘づけになりかけたとき、背に女の声を聞いた。

ふり返らない。だれかは声でわかる。

北新地で花屋を営む入江《いりえ》好子《よしこ》だ。白岩とはひとつ違いの四十五歳になる。

顎の細い、どんぐりのような面相で、眼や鼻や口は小ぶりだ。耳もショートヘアの飾り物のようにちいさい。身長は一六五センチあるけれど、スリムな体形は昔からほとんど変わらなくて、白岩のうしろを歩く習癖《くせ》も昔とおなじなので、前方から来た人はすれ違ってようやく、彼女の存在に気づくほどである。

好子がならんで腰をかける。

「よかった」

「ん」

「病院であなたに会うの、きょうが初めて」

「そうかな」

「そうよ。いつもすれちがい」

そう言われれば、そんな気がする。花房が入院すると、白岩が頼みもしないのに、好子は三日に上げず生花を活けに来る。

――男は、弱ってる姿を人様にさらすものやない――

それが口癖の花房は見舞い客をいやがるので、花房の入院は同業の、ごく身内にしか教えないのだが、好子にはついしゃべってしまう。病状までも事細かく話してしまうのは、白岩と花房と好子にだけ通じ合うなにかがあるからだ。

「おかあさんに聴いたんやけど、おとうさんを東京へ連れて行くの」

好子は、花房夫妻をおとうさん、おかあさんと呼ぶ。いつからそうなったのかは記憶にないが、不自然さは感じない。呼ばれた花房夫妻も好子に笑顔をむける。

「本人がいやがっとる」

花房は、だれにでも、何事にも正面から身構える。生来の気質のせいなのか、医者から病状を告げられたあとも、花房の表情や言動に変化はなく、そればかりか、白岩が東京の国立がんセンターへの転院を勧めても、頑として受けつけない。

――この病院に命を助けられた。助けられた命を粗末にする気はないが、残りの命を預けるんは、この病院と決めてる――

姐の言ったとおりの言葉が返ってきた。

白岩は、おとといの夜に大阪府出身の国会議員を北新地で接待した。その議員とは、白岩が経済極道として伸《の》していく過程で持ちつ持たれつの関係を強めた。おどし半分の依頼が効いたのか、翌日のきのう、病室が空きしだいという条件つきながら、受け容れの許可を得たのだった。全国にいる重度のガン患者の多くがその施設での治療を希望しているらしく、入院はもちろん、通院による治療の希望者は順番待ちの状況だとも聴いた。

吉報を持って病院へ駆けつけたのだが、しかし、花房は喜ばなかった。

――おまえ、二十五年もわしと連れ添うて、まだわしの気質がわからんようやな――

花房は、さみしそうな声で言った。さみしさのなかに自分への労《ねぎら》いを感じた。

「それでもあなたは……ごめんなさい」

「かまへん。わいもむりに連れて行こうとは思わん。けど、おやっさんは、わいひとりのもんやない。いまもおやっさんを頼りにしてる人がぎょうさんおる」

「難儀やね」

「生きてるかぎり、人に難儀はついて離れん」

好子が両手をベンチの端にあて、かなたの空に視線をやった。

小粒の造作なのに、横顔の輪郭は明瞭だ。すこしくぼんだ頬に濃い翳《かげ》が宿った。

「あのとき、おとうさんが会わせてくれんかったら、うち、いまごろなにしてるんやろ」

「また所帯を持ってたかもな」

「それはないわ。もう、こりごりやったもん。亭主の暴力がこわくて、花房のおとうさんに
……うち、なんであんとき、あなたにしがみつかんかったんやろね。あほな女やさかい、ろくでもない男にたぶらかされて……また、おとうさんに助けられた」

白岩は、好子を見つめた。

わいも、おまえも、傷から逃れられんようになるのがこわかったんや。

そうは言えない。言わなくても、おなじ気持ちだったと、いまは確信している。

「息子の就職、決まったんか」

「はい。ここの病院の理事長さんの推薦もろうて製薬会社に……おとうさんが理事長さんに頭をさげてくれたんやと思うけど」

「気にするな。男ひとりの勝負は、まだまだ先や」

「勝負やて……」

好子の横顔がゆるんだ。

「あなたも勝負してるもんね」

「おまえはどうや。花屋のほうは大丈夫か」

「おかげさまで。不景気やさかい、なおさらお店には豪華なお花を飾らんと辛気《しんき》くさくなって……北新地のママさんらは根性あるわ」

再会してほどなく、好子は北新地のクラブに移った。花房が二人に気を利かせてのことであったが、白岩と好子は男女の仲にならなかった。正確には、戻らなかった。

二年後、好子は店の客の不動産業者と結婚し、一児をもうけた。

その亭主に多額の借金があるとわかったのは長男が生まれたのちで、会社経営に行き詰った亭主は、好子や息子にたびたび暴力をふるうようになったらしい。

悩んだ末に、好子は花房を頼り、亭主との縁を切った。

白岩が好子の離婚を知ったのはすべてが片づいたあとのことで、その半年後、白岩の強引な勧めによって、好子は花屋を開店した。

「ねえ」

「なんや」

「たまには、家に来て。食事しよ」

「気がむいたらな」

白岩はさらりと返した。

好子との安穏な関係を壊したくない。

つかず離れずそばにいて、好子を抱いたのは、二十七年前の、一度きりである。

あの日、大阪ミナミの心斎橋《しんさいばし》界隈はいらだつ空気が充満していた。盆がすぎても晩夏の気配はなく、昼間は連日三十度を超え、しかもその日は、そよとも風が吹かなかった。

アロハシャツはびっしょりと汗に濡れていた。

白岩は、商店街の路地角の、西陽の射さぬ場所に立ち、タオルで顔や胸をぬぐった。ぬぐったあとから汗が噴きでて、タオルは使い物にならないくらい水分を含んでいた。

うどん屋のガラス戸をのぞき、時計を見た。鶴谷との約束の時刻にまだ五、六分ある。

急に、むかむかしてきた。腹を立てる相手は父親だ。日雇い労務者の父はその日、仕事にあぶれ、パチンコで小銭をすったらしく、正午前に帰宅したあと、扇風機を独り占めして、酒におぼれた。それだけなら毎度のことなのだが、夏風邪で料理屋の賄い仕事を休んだ母に肴を作らせ、あれこれと八つ当たりしていた。

当時、白岩は、此花《このはな》区の町工場が密集する地域の文化住宅に住んでいた。六畳と四畳半と、近所の大工職人に納戸を改装してもらった勉強部屋。板壁をくりぬいた三〇センチ四方の窓があるだけの、部屋ともいえないような三畳間が白岩の城であった。

万年敷きの布団のほかは粗悪な机だけで、本棚もなかった。

白岩は無類の本好きなのだが、空腹をごまかすのも難儀なほどのこづかいでは書物を買うのもままならず、学習書や小説を読みたくなると、近くの図書館に足を運んだ。

勉強部屋は一年中かび臭かった。壁に渡したロープに吊す胴着のせいだ。五歳から十七歳まで空手道場に通った。道場主は母の中学の同級生で、そのおかげで安い月謝で習えたのだが、中学生になるとそれさえ免除された。道場主が白岩家の貧困を気づかったのだ。

それでも、道場がよいは高校三年の春にやめた。学業に専念したかったからだ。母の願いは唯ひとつ、ひとり息子がサラリーマンになることであった。父親のスーツ姿を見たことのない白岩も、街中を歩く白いワイシャツにネクタイを締めた男たちが、まるで人生の勝者であるかのように、まぶしく見えたのだった。

大学を卒業して、会社に勤める。

それは、母の願いでもあり、白岩自身の、成し遂げなければならない目標でもあった。だがしかし、家にはカネがない。奨学金を得て、国立大学へ進学するのが目標となった。

大阪大学経済学部の学生になるとすぐアルバイトを始めた。夜間の工事現場での作業員一本やりだ。体力には自信があった。家庭教師への誘いもあったけれど、ことわった。人に教える柄ではない。それに、夜間勤務はカネになる。遊ぶ時間もできる。寝る時間をすくなくすれば済むことである。

その日、白岩は自宅の三畳間でレポートを書いていた。学友に五千円で頼まれた。あいにく図書館の休館日なので、汗まみれになってペンを走らせていた。

劣悪な環境にはなれていても、隣室から聞こえる父親の愚痴や怒声は神経をとがらせた。それで、早めに家を飛びだしたのだが、心斎橋の風景も神経を和らげてくれそうにない。

白岩は、煙草を喫いつけ、紫煙を空にむかって吐いた。

そのときである。

「やめて」と、叫び声が聞こえた。

視線をやった先、ひとりの女が男三人にからまれていた。女は二十歳前後か。野郎たちもおなじくらいの年端で、見るからに街のチンピラである。ノッポとデブとチビの三人がにやけた面を女に近づけ、ちょっかいを出している。傍らをすぎる通行人は顔をしかめたり、遠ざかったりして、だれも女を助けようとはしなかった。

白岩は、捨てた煙草を踏みつぶし、そちらのほうへむかった。

「やめたれや」

白岩は破声《われごえ》を放った。

野郎どもが一斉になめた視線をよこした。

「なんや、われ。いちゃもんつけとんか」

デブが顎を突きだし、接近してきた。

白岩は、すっと右足を引き、左足の膝に体重を乗せた。

つぎの一瞬で、デブが視界から消えた。白岩の正拳突きがデブの顎をとらえ、うめき声もだせないまま、膝からくずれ落ちたのだ。

チビがファイティングポーズをとる。サウスポースタイルのボクサーか。右足のつま先は白岩に向き、左足は腰のすわりやすい角度にひらいている。

白岩も身構えた。デブのようにはいかないと、勘が警鐘を鳴らした。にらみ合い、相手の力量をさぐる駆け引きが始まると、神経はギュッと引き締まる。

ひさしぶりに、手応えのありそうな男があらわれた。そう感じた。

白岩と鶴谷が街を歩けば、三回に一回はだれかと喧嘩になった。肩で風を切るわけでもなく、今回のように騒動を買ってでることもないのに、よく喧嘩を売られた。生意気盛りの、気の強さを顔一面に貼り付けていたせいかもしれない。

チビの動きは素早い。かろやかにステップを踏み、白岩に有利な距離をとらせなかった。仲間への一撃で空手の心得があると悟ったようだ。

白岩は雑念を払い、視線を相手の瞳に集中させた。眼は手足に連動する。

チビの体が傾いた。右足を踏み込んできたのだ。

とっさに、白岩も右にひらき、防御と攻撃の態勢をとった。

直後、右の頰に衝撃が走った。皮膚よりも、頰肉よりも、歯茎にダメージを受けた。つぎの瞬間、地面に引き倒されるような感覚があった。

ぐらりとしたが、かろうじて踏ん張り、視線をずらした。

ノッポの手にジャックナイフが見えた。血に濡れ光っている。

周囲で悲鳴があがった。どよめきがおき、通行人の足が止まる。

「助けて。だれか、お願い……」

からまれていた女が必死に叫んだ。

白岩は咳きこんだ。吐きだした唾は真っ赤だった。

ノッポがぎこちなく、後退《あとじさ》りする。顔面は硬直していた。

チビは身構えたままだ。止《とど》めを刺す気と思えた。

白岩は、奥歯を噛み、眼の玉をひんむいて、ノッポに渾身の蹴りを放った。

長軀が折れ、ノッポが吹っ飛んだ。

容赦はしない。すっと接近し、倒れたノッポの鳩尾《みずおち》に靴の踵《かかと》をのめり込ませた。

「こっちや。俺と勝負せえ」

チビのひと声に、体が反応する。

一気にケリをつける。深手を負った自分に長期戦はむりだ。

白岩は、チビとの間合いを詰めにかかった。

「なにさらしとんじゃ」

怒声とともに鶴谷がすっ飛んできた。

一瞬にして鶴谷の顔から血の気がひき、だがしかし、すぐ鬼の形相になり奇声を発した。

断末魔のような声があたり一面に響いた。

それでも、チビは退き去がらない。ノッポもデブも立ちあがって、身構えなおした。

鶴谷が攻撃を仕掛ける。空手の技量は白岩よりも下だが、実戦になると互角の腕がある。

起きたばかりのノッポを地べたに這わせ、普段は絶対にやらない顔への足蹴りを見舞った。

怒りをとおりこしているのは、白岩にもわかった。

ふたたび、チビと差し向かった。

そのとき、人垣の輪が割れ、男どもが飛び込んできた。

体格のいい男二人が鶴谷を抱きかかえる。

もうひとりの男が、白岩とチビのあいだに立ちふさがった。

遅れてあらわれた中年の男は、まっすぐ白岩に近づいてきた。

どこから調達したのか、数枚のタオルを持っていて、一枚を白岩の頬にあてがい、ほかのタオルを顔に巻きつけ、きつくしばった。

「しゃべるな。じきに救急車が来よる」

中年男の声に、サイレンの音が重なった。

「無茶しよるな。男前が台無しや」

男がやさしいまなざしをくれた。

それが、花房勝正との縁のはじまりである。

――うちを抱いて。抱いてくれんかったら、死ぬ――

ひきつった声がちいさな部屋の空気を震撼《しんかん》させた。

退院祝をさせてほしいと強引に言われ、退院の三日後に好子のアパートへ招かれた。

当時、十九歳の好子は大阪の信用金庫に勤めていた。

とぎれがちな会話と、お世辞にも旨いとはいえない料理で時間が流れた。

白岩はとまどっていた。

どうして、相手のジャックナイフをかわしきれなかったのか。なぜ、普段はやらぬお節介を焼いたのか。さらには、あの場所ではなく、いつものように鶴谷とは喫茶店で待ち合わせればよかったとか、父親が仕事にあぶれなければ自宅を早めに出なくて済んだのにとか、寝ても覚めても不運に至るまでのあれこれを考えていた。

好子は、仕事を休み、毎日、面会時間のすべてを病室ですごした。なにができるわけではないのに、包帯の隙間にある白岩の眼ばかり見て、ほとんどは自分の眼を赤くしていた。

なぜ、俺はこの部屋に来たのだろう。

静かに流れる時間のなかで、そんなことを思った。

好子の覚悟のせいだと思うようになったのは、ずっとあとのことである。

食事のあと、好子は、白岩の前に立ち、無言で服を脱いだ。天井の蛍光灯が容赦なく白い肌を照らした。顔は青く強張って見えた。歯の鳴る音が聞こえたような気がした。

白岩は、女に初心《うぶ》ではなかった。大学生になって鶴谷と遊び歩いた二年間は、とにかく、二人して女にはよくもてた。しかし、もてたというだけのことで、女の心はわからないし、わかろうともしない年頃であった。

白岩は、一糸まとわぬ好子の体を見つめ、彼女の胸のうちを思った。

懺悔か。

その言葉がうかんだときはすでに、好子の白い腕をつかんでいた。

引き寄せて初めて、乳房の裾野が淡い朱に色づいているのに気づいた。

その夜をかぎりに、白岩は好子に会うのをやめた。

好子は、部屋の鍵を渡し、職場と自宅の電話番号を書いた紙をくれたけれど、白岩は一度もアパートを訪ねなかったし、職場にも自宅にも電話をかけなかった。

好子の部屋でめざめたときの、不思議なほどの胸の静けさがそうさせた。

好子も連絡をよこさなかった。

歳月が流れた。

ある夜、白岩は、花房に誘われ、堀川の料亭へ行った。初めての店だった。花房がその店のなじみ客なのも、座敷に案内されたあとでわかった。めずらしいことであった。花房はプライベートな遊びでは若衆を連れて歩かないのだが、白岩は別扱いだった。

心斎橋での事件以降、花房は月に一、二回の割で白岩を呼びだし、料理と酒をふるまってくれた。白岩にはことわる理由もなく、ましてや命の恩人なので、一度も誘いをことわらなかったのだが、スカウトされるのではないかとの警戒心は抱いていた。しかし、花房は、事件のことも、頬の傷の按配にも触れずに、ただ料理と酒を馳走し、ときに、車代をくれた。料理屋でもクラブやバーでも若衆扱いはされなくて、同輩の息子のような、あるいは、実の息子のような接し方をした。のちに、花房の自宅に招かれて知ったのだが、花房には、生きていれば白岩と同い年の息子がいた。その子は十歳になったばかりのある日に原因不明の高熱を発し、一週間後に逝ったという。

白岩は、大学の三年になっても、四年になっても、就職のことは考えなかった。サラリーマンになる夢を捨ててしまった身で、ほかに思いうかぶ職業はなかった。画家か小説家か、もしくは、自分でも素質を感じる武術家とかに気がむきかけた時期もあったが、それでも、頬の傷はどうしようもなく、己の将来の壁になっていた。

さらに、気を重くしたのは鶴谷の存在である。鶴谷は己を苦しめていた。自分が約束の場所に遅れなければ、一分一秒でも早く着いていれば、友に怪我を負わせることはなかったと、いつまでも自責の念を引き摺っていた。

このままでは、鶴谷の人生までだめにする。

しだいに、そう思うようになった。

事件から二年半後の三月半ばのこと、白岩は、花房の自宅を訪ねた。

そのとき、なぜか、応接間ではなく、奥の和室にとおされ、しばし待たされた。

あらわれた花房は、大島紬《つむぎ》を着て、床の間を背に座った。無言だった。

「自分を雇ってください」

白岩は声を張った。

花房が眼をまるくし、やがて、声を立てて笑った。

「雇えてか。極道者にそんな口上、初めて聴いたわ」

またひとしきり笑い、真顔に変えた。

「よし。ボディガードで雇うたる。それで、ええか」

「はい。ひとつだけ、お願いがあります」

「なんや」

「バッジを貸してください」

花房がすごむような眼光をぶつけてきた。

白岩は、気圧《けお》されながらも、眼で受け止めた。代紋の重さはわかっているつもりだった。

三十秒か。一分は経ったかもしれない。

立ちあがった花房は、すぐに戻ってきて、座卓の真ん中に小箱を置いた。

ほどなく、花房の女房の愛子が丸盆を持ってあらわれた。

白磁の徳利《とっくり》に、二枚がさねの盃、小皿に塩が盛られていた。

「わしとおまえの、盃や。親子でも、兄弟でもかまへん。おまえが決め」

「親子でお願いします」

花房がうなずいた。

「念を押すが、花房組の盃やないぞ。そやさかい、仲人は嫁にやらせる」

三日後、白岩は、学生服の襟に、金色のバッジをつけて、卒業式に参列した。

式場に駆けつけてくれた鶴谷は、花房組の代紋を見て、泣いた。周囲のだれもが、驚き、後退りするほどの、号泣であった。

一旦は返したバッジをふたたび手にしたのは、二年後のことである。

堀川の料亭に連れて行かれたのは、花房組内の親子盃を交わした数週間後のことだった。

料理を運んできた仲居の顔を見て、白岩は盃を落しそうになった。

思いもよらぬ、入江好子との再会であった。

友田健三は、自宅の縁側の盆栽をいじっていた。白岩が居間に入って挨拶すると、友田は猫背のまま首をひねり、たれた眼で笑った。

「よう来てくれたな」

「あいかわらずお元気そうで」

白岩は、床の間に向き合って座り、上着を脱いだ。

庭に面した縁側のガラス戸も障子も開け放たれているが、庭に打ち水をしてあるのか、流れてくる風は心地よかった。

遅れて、友田が胡坐《あぐら》をかいた。

縮《ちぢみ》織りのシャツにステテコ姿は初めて見た。胸も腕も、青墨がこぼれている。

白岩は、花房組の部屋住みのころを思いだした。

花房と友田は、とにかく仲がよかった。風呂好きの花房は、事務所に五、六人は楽に入れる浴室をこしらえており、友田が訪ねてくると、一緒に湯に浸かり、広沢虎造《ひろさわとらぞう》の浪曲を聴きながら、酒をやっていた。

白岩はよく、二人の背中を洗ったものである。

親から頂戴した体を傷つけるなと、花房は、若衆に刺青を禁じていたけれど、兄弟分の友田には寛容で、鯉に跨《また》がる金太郎を眺めては、その出来栄えを褒めていた。

あのころから二十年がすぎ、金太郎も鯉もひからびているような気がした。友田の胸は肋骨がうきあがり、腕はずいぶんと細くなった。

貧弱な体をさらして客人を待つ友田の心の背景はなんなのか。

白岩は、思いかけてやめ、冷茶を飲んだ。

「兄弟の按配はどないや」

「変わりません。いまのところ、痛みもないそうです」

「こらえてるんとちがうか。兄弟は、人に弱みを見せるんが大嫌いやさかい」

「そうなふうには……ご自分の眼でたしかめられたらどうですか」

「あかん。兄弟の気質はよう知ってる。それに、俺は、病院が苦手なんや」

「近代的な病院で、最上階には大浴場もおますけど」

友田がきょとんとし、すぐに声を発した。

「そら、いやみか」

「とんでもない。先代がさみしがってるんやないかと思いまして……いや、すんまへん」

「いざとなったら駆けつける」

「先代は、簡単にはくたばりません」

白岩は、眼と声に力をこめた。

友田の眼光が増した。

「きょうは、なんぞ用があって来たんか」

「伯父貴には、いろいろとご心配をおかけしてるようで」

「その礼か。それとも、苦情か」

「正直、半々です。自分の将来を案じてもろうて感謝してますけど、波風が立つのは……」

「あまいわ。花房組の金看板を背負う男が平和を望んでどないするねん」

「一成会を割れと言わはるのですか」

「そうは言わん。けど、このままやと、いずれ関西極道の不満が爆発する」

「執行部は、何事も話し合いで解決すると、皆で確認しています」

「上の連中はそれでええかもしれんが、下の直系組長らは我慢の連続や。とくに、関西に根を張る古参連中は不満が溜まってる。それがわからんおまえではあるまい」

「それでも軽率な行動は慎むべきかと」

友田が右の肘を座卓にあて、斜に構えた。

「もういっぺん聴かせえ。だれが軽率なんや」

「伯父貴のことやおません。わいは、皆が慎重に行動してほしいと思うてるんです。喧嘩はいつでもできる。その前にやれることをやり尽くすべきやおまへんか」

「ほな訊くが、おまえに勝算はあるんか。話し合いで若頭を、てっぺんを獲れるんか」

「勝算はともかく、覚悟はあります」

「ふん。覚悟のほども、行動で示さな、だれも納得せんわ」

「伯父貴は、どうされるおつもりですか」

「きまっとる。花房組の二代目をてっぺんに立てる。それで、一成会は安泰や」

「一成会の将来のために動いておられる」

「あたりまえやないか。わしをなめるな」

「なめるなんて、とんでもない。わいは、伯父貴を男と見込んで、お願いに来てます」

友田が姿勢を戻した。顔の険も幾分かやわらいだ。

「戦機がくるまで、じっと待ってください。このとおりです」

白岩は頭をさげた。

「おまえ、ほんまに白岩光義か。変われば変わるもんや」

白岩はゆっくりと顔をあげ、友田の眼の奥をにらみつけた。一気に血が滾《たぎ》り、膝頭にあてた手のひらが固まりかけている。

友田の顔から血がひくのが見てとれた。

「わしの知ってる白岩光義は喧嘩上手やった。頭も切れたが、腕も度胸もたいしたもんで、わしは、そんな若衆を持つ花房の兄弟がうらやましかった」

「昔話は先代としてください」

「なんやて」

友田が顔面をひきつらせた。

そのとき、襖《ふすま》のむこうで声がして、男が入ってきた。矢部紀男である。

シルク地の浅黄のスーツの下は紺のシャツに、黄のネクタイをきりりと締めている。髪はサイドバックに整い、細面の真ん中で薄いブルーの縁なしメガネがきらめく。彫りの深い面相と長身の体形は、極道者というよりも、やり手の金融マンの雰囲気がある。

救われたように、友田が相好《そうごう》をくずした。

「おお、矢部か。ええところへ来たわい」

「ごぶさたして申し訳ありません」

笑顔で応じ、襖を背に座るや、白岩にも愛想たっぷりの笑みをひろげた。

「白岩の兄さんもおひさしぶりで。ここでおめにかかれるとは、うれしいかぎりです」

「羽振りがよさそうやな」

「とんでもない。リーマンショックのあおりで、瀕死の状態ですわ」

「おまえ、東京者に憧れてるんか」

「はあ」

「標準語が板についとる」

「それは、まあ……正業のほうがありますので」

「ここは極道者の家や。わいも伯父貴も極道者やで」

矢部が困ったような顔を見せる。

「いまな」と、友田が助け舟をだした。

「一成会の将来について話してたところなんや。おまえには以前から話してるとおり、一成会をむこう百年、安泰にするためには関西極道がてっぺんの座を獲り返さなあかん。その先頭をきるんは、花房組の二代目しかおらんと……白岩にはっぱをかけてたんや」

「おっしゃるとおりです」

矢部がにわかづくりの真顔を白岩にむけた。

「自分は、全力で兄さんを支えます」

「おおきに。頼りにしとるで」

「まかせてください。どんな協力も惜しみません」

「協力て、ゼニか」

矢部が顔をしかめた。

すかさず、友田が口をはさんだ。

「身も蓋もないことぬかすな」

「気にさわったんなら、ご勘弁を。矢部は、いまでは一成会きってのカネ持ち。そんな噂がそこらじゅうにひろまってるさかい、つい、矢部の顔が小判に見えたんですわ」

「ゼニでもなんでもええ。矢部に遠慮するな。このわしが、おまえの保証人や」

「お気持ちはありがたく。権力闘争に資金は欠かせんさかい。けど、いまのところは……さっきもお話ししたように、戦機やおません」

「準備や。根まわしなくして、戦《いくさ》はできん」

「よう胆に銘じておきます」

「その台詞《せりふ》、先だっても聴いたわ。どや、白岩。ここで鉢合わせたのも神様のお導きいうもんや。矢部と兄弟の盃を交わさんか」

「なにをいまさら……一成会の直系組長どうし、れっきとした兄弟やおまへんか」

「じかに盃を交わせば、より絆が深まる。一成会内の存在感も高まる」

「それなら、ほかの連中とも縁結びをせな、格好がつかんようになります。元はおなじ釜の飯を食った石井や金古とも、あらためての杯は交わしていませんのや」

「頭が固いわ。極道の筋目だけで生きていける時代やないぞ」

「それなら、あらためて盃を交わす必要もないでしょう。わいは、落せば割れる盃に命とおんなじくらいの重みを感じとります。けど、人との縁も一生もん。盃や誓約書を交わしてしばらんかて、石井や金古とは気脈をつうじとる」

「矢部をやつらより下に見てるんか」

「上や下やという話やない。無条件で信じられるかどうか……極道の世界でいえば、打算も見返りもなしに、命を賭けられるかどうかですわ」

友田が苦々しそうに顔をゆがめた。

白岩は、矢部に視線を移し、我慢の一部を吐きだした。

「おまえ、岡山の清道会をどないする気や」

「もう兄さんの耳に届いてますのか」

「応えい」

「吉本さんの窮地を救うつもりでいます」

「罪滅ぼしか」

「えっ」

「金融にはド素人の吉本をマネーゲームに誘い込んだのはおまえらしいな」

「そんな言い方は……二、三年前に酒の席で意気投合し、吉本さんにゼニ儲けの仕方を教えてくれと頼まれたのがはじまりで、自分がそそのかしたわけではありません」

「吉本が五億十億と損したのに、指南役のおまえの懐が痛んでないのはどういうわけや」

「欲目ですわ。自分が忠告しても吉本さんは聴かずに、見切り時を見失った」

「わいの聴いてる話とはかなりちがうな」

吉本の無心はことわったけれど、縁者の苦境はやはり気になり、金融筋の情報屋を使って借金地獄の背景を調べさせた。吉本は金融商品に手をだしていた。吉本がカネを注ぎ込み、値があがったところで大量に売りぬける者がいて、そのたびに大損したらしい。情報屋の推測によれば、吉本は売りぬける者にだまされた可能性が高いということだったが、無記名の投資なのでだましたほうの素性を知るのはむずかしいとも教えられた。

――清道会の看板、端から狙うてたのかもしれん――

情報のせいで、金古の話を聴いたときは思わずうなずきそうになった。

矢部は不快な表情を見せたが、口をひらかない。

「まあ、ええ。で、おまえは清道会を吸収する気か」

「そこまでは……むこうの初代は一成会の三代目と親子の盃を交わした名門です。本家の意向を聴かずに合併話を進めるわけにはいかんでしょう」

「本家のだれに打診してるんや」

「な、なにを言われますの。どなたにも相談してません」

「ほんまやな」

「だれかに悪い噂を吹き込まれたんですか」

「心配しとるだけや。せっかく友田の伯父貴が汗を流してるさなかに、子飼いのおまえが波風を立てるようなまねをさらしたら、親の顔に泥を塗ることになる」

「まあまあ」と、友田が割って入った。

「その話はわしも聴いてる。矢部も周囲に気兼ねして慎重に対応してるそうな。おまえの心配もわからんではないが、ここは一番、矢部にまかせてはくれんか。矢部も四十になる。男をあげなあかん歳になってきたんや」

「伯父貴がそう言われるのなら、しばらく傍観しときますわ。けど、筋目の通らんまねをさらしたら、伯父貴の子といえども堪忍しまへんで」

白岩は、言いおいて席を蹴った。

簡素きわまりない部屋である。

自宅のリビングには、L字型の応接セットと大型の液晶テレビ、二種類のストレッチ器具があるのみだ。カウンターで仕切られたキッチンに食器や調理器具はほとんどなく、パネルコンロに南部鉄の薬缶《やかん》が載っているほかに、生活臭を感じる器具はない。

「おじさん」

女の声に、白岩は視線をふった。

よく陽に焼けた丸顔の娘がベランダから戻ってきた。

鶴谷康のひとり娘、高校三年生の康代《やすよ》である。

康代は母親との二人暮らしだ。離婚しても旧姓に戻さなかった母親はいま、亡くなった親の家業を継ぎ、花房組本部事務所の近くで蕎麦屋を切り盛りしている。

「彼女、いないの」

「ぎょうさんおるで。この部屋には入れんけどな」

「さみしくないの」

「気楽でええわ」

「強がってるのもいまのうちやて思うわ。五十、六十になるとさみしくなるよ。結婚がいやならペットでも飼えばいいのに」

「東京へ行けんようになる」

「そんときは、うちが世話してあげる」

「ほんまは、康代ちゃんがペットほしいんやろ。食べ物屋の二階に住んでるさかい、おかあさんに禁止されてるんとちがうか」

「あたり」

康代が跳ねるようにして近づき、ソファに座るや、室内を眺めまわした。

「あいかわらず殺風景な部屋やね。ほんま、なんもない。カレンダーも掛かってへん。おじさんの大好きな花も、ない」

「なまけ者やさかい、手入れしたり、片づけるのが面倒なんや」

「そうやろか」

康代が首をかしげ、のぞき込むような仕種を見せる。

「部屋のお掃除や洗濯はどうしてるの」

「週に一回、家政婦に来てもろうてる」

嘘だ。ここに移って五年、鶴谷親子を除いて部屋に入った者はいない。二年前、花房組の若頭に昇格した和田信に、自宅の場所をおしえてくれと泣きつかれたが、言わなかった。掃除はまめにやる。洗濯も億劫ではない。部屋住みのころは料理もした。一時期、花房が小腹をすかしたときは、白岩がキッチンに立った。

「絵は、どう」

「ん」

康代が布サックから額に入った絵をとりだした。

白岩は、康代が膝に載せたその絵を見つめた。

横むきかげんで、静かにほほえむ男は、父親の鶴谷康にちがいなかった。

この子は、父親の笑顔を見たことがあるのだろうか。

ふいに、思った。

生後三か月で両親は離婚し、康代が父に会ったのは一年前の一度きり、それも東京駅周辺で食事と買物をした程度である。

「こっちは、おじさん」

康代の指先に花がある。絵のなかの男は、その花を見つめている。

「そうか。わいは、鬼百合の花か」

「だって、八月一日のおかあさんの誕生日にはいつも鬼百合の花を届けてくれるもん」

鬼百合の絵から記憶の欠片《かけら》がにじみだし、やがて、花は母親の笑顔になった。すでに母はこの世にいない。爪に火をともすような貧乏暮らしが続くなかでも、母は年に一度だけ贅沢をした。初夏を迎えると、家に鬼百合の花を活けたのだ。その数日間の母の顔は、苦労の垢が削がれ落ちたかのように、輝いて見えた。

「この絵ね、大阪府のコンクールで入賞しててん」

「すごいやないか」

「ここに飾らせて」

「ツルコウに見せたれ」

ツルコウとは鶴谷康のことで、白岩と康代が使う符牒である。

「そのつもりやったけど、おじさんにあげる」

「ありがたいけど、東京に送れ。あいつ、泣いて喜ぶわ」

言いおわる前に、携帯電話が鳴った。

白岩が手にすると、康代は立ちあがり、またベランダに消えた。

西の空がトキ色に染まりかけている。そろそろ、川面に街の灯が浮かぶ時分か。白岩の部屋は、堂島川と土佐堀川にはさまれたマンションの十五階にある。

《木村です》

「なんぞあったんか」

《ラブホテルで殺された女のほうですが、捜査はまったく進展していません。外国人の売春婦なので捜査に熱が入らないのかもしれませんが、それにしても、動きがにぶすぎます。パラダイス倶楽部の従業員と顧客から事情聴取を行なったのですが、生活安全課も暴対係も捜査本部と連携する気配がないので、売春などの別件捜査はしないようです》

「木下のパブとラブホテルがつながっていれば防犯カメラが証拠になるやろ」

《それがお粗末でして。ホテル側の話によると、映像は客のプライバシーがあるので一日ごとに消去していたそうです》
「なにからなにまでそつがないのう。警察のご指導が行き届いてるようやな」
《皮肉ですか》
「出頭して一週間。佐野はどうしてる」
《防犯と暴対にしつこくつき合わされています。出られるよう、手を打ちましょうか》
「いらん。それより、おなごはまだ見つからんのか」
《申し訳ありません。妹のほうはパスポートをとられているはずなので、無事であれば、姉と一緒に都内に潜伏してる可能性が高いのですが……いまは、日本語学校に通っていたころの人脈をしらみつぶしにあたっています》
「忠信会の連中と衝突するなよ」
《ご心配なく》
「ほかの連中の動きはどうや」
《不気味なほど静かです。新宿署の立花や森田らは平常の勤務をこなしているし、ＦＳＳＡの関係者にもあわてる様子が見えません》
「よごれ仕事は木下にまかせてるんやろ」

《動かしてみますか》
「どう」
《ある程度の情報を握らせて、マスコミに追及させる手もあります》
「やめとけ」
《忠信会の存在が気になるのですね》
「そっちの情報、拾えたか」
《もうすこし待ってください。興味深いネタを入手したのですが、確実なウラをとってからでないと、逆にご迷惑をかけるかもしれません》
「きわどい話のようやな」
《あなたにとっては、かなり。それに関係してるのかどうかはわかりませんが、三時間ほど前に、忠信会の木下が京都へ入りました》
「ひとりでか」
《はい。京都に着くやホテルへ直行し、一成会の門野に会いました。もうひとり、直系若衆の矢部紀男が同席したとの情報です》
「ほう」
木村が門野にさん付けをやめた。白岩の敵と判断したのだ。

《ついさっきの連絡ですが、門野と木下は連れ立って祇園へむかい、入った先の料亭には京英塾の理事長があらわれたそうです》

「矢部は」

《ホテルを出たところで門野らとは別れました。木下のあとを追った調査員は二名なので、矢部のほうには手がまわりませんでした》

「かまへん。京都のほうもむりはさせるな」

白岩の脳裡に、先日の木村の声がよみがえった。

——自分は、極道者のあなたにではなく、白岩光義という男に興味がわいてきました——

——仕事ではありません。酔狂のお手伝いです。なので、部下は使いません——

木村にこれ以上の深入りはさせられない。

「とにかく、おなごや。なんとしても保護してくれ」

《必ず》

力強い声が受話器に残った。

康代が戻ってきた。

気を利かせてベランダに行ったものの、退屈だったのだろう。康代が両腕をひろげた。口がひらきかける。康代はあわてて右の手のひらを口にあてた。

それを見て、白岩はにんまりした。

「えらいのう。覚えてたんか」

「おなごは人様の前で咽チンコをさらしたらあかんのやろ」

「そうや。熱あげて惚れたかて、いっぺんに興が覚める」

「なんや、おじさんの好みの話やったの。うち、しつけしてくれたのかと思うてた」

「しつけや。康代ちゃんは、だれからも好かれるおなごになってもらいたい」

「そうする。電車のなかでいびきかいたり、あくびする女の人、みっともない思うもん」

「ツルコウに聞かせてやりたいわ」

康代が白い歯を見せ、トートバッグを肩にかけた。

「おじさん、帰るね」

「絵、忘れてるで」

「とりあえず、置いてく。見飽きたら言うて。そんときはおとうさんに送るわ」

「晩飯は」

「おかあさんと約束してるねん。夏休みもじきに終るから……おじさんも一緒に行く」

「やめとく」

「家族もええもんよ」

「なまいき言うな」

康代を玄関まで見送ったあと、グラス片手にベランダへ移った。

暮れなずむ空の下、遠くで、大阪湾が青みを増している。

白岩は、ベランダのパイプ椅子に腰をおろし、木村との電話のやりとりを反芻した。

もう東京での出来事は胸の底に沈殿しかけている。

ふくらはぎの女は木村に委ねるつもりだ。木村が無事に保護すればそれで終るし、消息をつかめても保護できなければ、自分が出向いて片をつける。

いずれにしても、木村の腕しだいということだ。

ふくらはぎの女を端緒に、長尾菊に挑発され、木村直人への興味でめばえた酔狂は、ラブホテルでの女の死を境に、急速に冷めてしまった。

――忠信会の木下が京都へ入りました――

――京都に着くやホテルへ直行し、一成会の門野に会いました。もうひとり、直系若衆の矢部紀男が同席したとの情報です――

木村の報告は、まるで白岩の胸のうちを見透かしているようで、あやうく血が熱くなりかけるところだった。酔狂のお手伝いと言いながらも、白岩の遊び心が薄れ、極道稼業に神経がむかっているのを察知しているにちがいなかった。

白岩は、グラスに苦笑をこぼした。

翌日の夕刻、本部事務所の私室に腰をすえてほどなく、金古克がやってきた。いつになく表情が険しい。落ち込んでいるようにも見える。身長が一七〇センチに満たない金古は、小柄な極道者に共通して鼻っ柱が強く喧嘩早いけれど、その反面、人を和ませる愛嬌があって、仲間の集まりには欠かせない存在である。

その金古がいきなり愚痴をこぼした。

「まいったわ」

「ゴルフで大損したんか」

きのう、一成会内の親しい親分連中が集まってのゴルフコンペが行なわれた。いつもなら白岩も参加するのだが、今回はことわった。花房の病気のこともあったが、きのうのコンペには花房組に近い連中のほかに、五代目と縁の深い反主流派の急先鋒といわれる面々が参加すると聴かされたからである。

平時であればそれも頓着しないけれど、白岩の胸のうちは有事に近い。ゴルフのあとの白浜温泉での宴会ではどんな生臭い話が飛びだすやも知れず、間違いなく話題のひとりになるだろう自分が顔をだしてはのちの面倒の種になると思い、参加を見送ったのであった。

「幹事の、石井の兄弟が来んかったんや」

「なんで」

「高熱がでたとか。当日の朝早く、嫁から電話があった」

「ほな、しゃあない」

「それだけなら皆も納得したんやが……」

「なんやねん。さっさと言わんかい」

「参加者のひとりが、前の晩に宗右衛門町《そえもんちょう》で石井の兄弟を見てたんや」

「元気に飲み歩いてたんか」

　宗右衛門町は、ミナミの繁華街である。

「それも、矢部とな」

「ほう」

「感心してる場合やないで。白浜温泉の宴会では、矢部の行動が槍玉に挙がったんや。そのさなかに飛びだした情報やさかい、皆の矛先が兄弟にも向けられて……往生したわ」

「なんで、五代目に近い連中が参加したんや」

「俺と兄弟で呼びかけた。兄貴には内緒にしてたんやが、きのうの集まりは、反主流派の結束を固める狙いがあってな。皆もそのつもりで参加してくれたと思うてる」

「しょうもないこと企むさかい、そんな目にあうんや」

「そんな言い方はないやろ」

金古がむくれ、ややあって、不安そうに言葉をたした。

「石井の兄弟はなんで矢部と飲んでたんやろ」

「気にすることか。あの二人、以前は仲がよかったやないか」

「そうは言うても、タイミングが悪すぎる。なんぞ思惑があって欠席したんやないかと勘ぐる者もおったわ」

「おまえはどうやねん」

「うたぐるかい。ここへ来る前に電話したら、嫁がでて、まだ寝込んでるそうな」

「そんなに悪いんか」

「大事をとってのことなので、たいそうに思わんでくれと言われた」

「ほな、安心や」

「兄貴、近々、石井の兄弟に話を聴いてくれんか」

「その必要はない。高熱をだしてゴルフをするやつなどおらん」

「けど、矢部と飲んでた理由がわからんと、勘ぐってる連中の機嫌がなおらん」

「ほっとけ。石井の気質はわかってるやろ。あいつは、花房のおやっさんが悲しむようなまねなど、絶対にせん」

「わかってる。けど、時期が時期や。今回は執行部と距離を置く面々が集まったとはいえ、それぞれに勝手な思惑をかかえてる」

「それがあたりまえや」

「四年前の例もあるさかい、気になる芽は摘んでおかんと、皆が疑心暗鬼に陥るで」

「それもしゃあない。どうあがこうと、不安の根っこも思惑もぬぐいきれん」

「ほんま、兄貴はのんきなんか、胆が太いんか、わからんようになるときがあるわ」

白岩は、眼で笑って返した。

「そんなに気になるんなら、自分で訊け」

「あかん。俺が前に立てば、あいつ、湯気立てて怒りよる」

「それより、ゴルフに参加した連中、矢部をどう見てる」

「友田の伯父貴の顔があるさかい、一応、仲間扱いしてるけど、腹のうちはちがう。矢部がカネを撒き散らして勢力拡大に励むのを見てるからな。ここにきて、矢部と事務局長の門野さんとの急接近が噂になってる。そやさかい、石井の行動に不満をもらしたんや」

「ええ機会や。腰をすえて、周りの風景を眺めとれ」

「そんな悠長な」

「なにが不安なんや」

「兄貴も知ってのとおり、石井の兄弟が無言になったときは恐ろしい。なにをしでかすかわからん。俺、それが心配やねん」

「わかったわい。近いうちに会うたる」

「ほんまやな」

「ああ。それまでおとなしゅうしとれ」

白岩は、なだめ口調で言った。せめてもの償いだった。

じつは、石井とは今夜に会う約束をしている。それを言えば、金古は同席すると言いだしかねない。一歩退いても、あれこれと注文をつけるにきまっている。

金古の表情が晴れない。

「石井の件のほかにも悩みがあるんか」

「なんぼでもある。兄貴が一成会のてっぺんに立つまではな」

「わいがあかなんだら、おまえと石井で獲れ」

「それくらいの気概はある。花房組の跡目かて、兄貴やさかい納得したんや。ほかのだれか、石井の兄弟でも、俺は抵抗してたわ」

「ほんま、おまえはあからさまでええのう」

「それが俺の武器やないか。けど、いまは己の欲目など二の次や。先代の病気が……」

「くたばらん。くたばってたまるか」

「俺もそう信じたいのやが、病院に近寄るな言われて気をもんでる」

「おやっさんにか」

「ゴルフの前の日に電話をもろうて、しばらくはだれにも会わんと……兄貴はどうや」

「電話はくれんし、病院へ行っても、姐さんと話をするだけや」

「ほうか、兄貴もか」

「そのほうがええ。雑音は病に毒や」

　金古がさみしそうな顔を見せた。

「湿っぽい面、するな」

「辛抱してくれ。兄貴の前だけや」

「おやっさんの噂、ひろまってないやろな」

「それはないけど、先代が引退されてもう二年。友田の伯父貴は、先代が反主流派の護り本尊やと言うが、俺はそう思わん。恩義も人情も、寝て起きるたびに薄れてゆく」

「そのとおりや」

「たぶん、俺らも……」

「おまえがそうなったかて、わいは咎めん」

「兄貴も自信ないんか」

「どうやろ」

「大丈夫やと思うわ。兄貴の胆、大地に根を生やしてるさかい」

「わいとおやっさんのあいだならビクともせんが、二千を超える若衆がおる」

「俺も盃を直して、一本立ちして、はじめてそれに気づいた」

「何人になった」

「二百三十あまり。けど、俺が本家の直系になったさかい近づいてきた連中ばかりや」

「石井のところは」

「花房組におったころとほとんど変わらん。あいつもあちこちから縁談を持ちかけられてるようやが、なにせあの気質や。クズをなんぼ集めたかて意味ないと……クズが増えれば組織が腐るとまでぬかしよる」

「あいつらしい」

「頑固な性格、兄貴に変えてほしいわ」

「なんでや」

「割りきって欲をださんと……それが花房組一門の隆盛につながるんや」

白岩は、金古の熱を帯びたまなざしに、すこしほっとした。

ある朝、めざめると四方に仲間も味方もいなくて、敵に囲まれていたという状況がいつおきるとも知れない世界に生きているのだ。

いつだったか、己の信頼のすべてを委ねている花房や鶴谷までが自分に背をむけている映像が頭にうかび、背筋が凍りついたことがある。

「それを聴いて安心したわ。おまえは、れっきとした極道者や」

「うれしいこと、言うてくれるで」

「ええ面になったところで、いね」

「このまま帰す気か」

「おまえ、俺に会いに来たんか、それとも、北新地に連れだすつもりやったんか」

「それが、両方やねん」

金古がにんまりと笑った。


入江好子は底のぬけたような笑顔で棒鮨を頬張っている。

――それがおますのや。青森でええ鯖が獲れまして――

いまの時分はむりだろうと思いつつも、好子に訊くだけ訊いてみてとせがまれてかけた電話のむこうで、店主が声をはずませた。

そうなれば、誰にせがまれなくても、飛んで行きたくなる。

天保年間創業の松屋町《まつや》の鮨屋・たこ竹には、花房に連れて行かれて以来、鯖の棒鮨めあてで二十数年通っている。再会した好子を最初に誘った店でもある。

ギュッギュッと固めた酢飯の上に、それとおなじ厚みの鯖が載っている。ほどよい脂の乗りで、旨味も申し分ない。訊けば、八戸産の鯖という。

白岩は、土産用に一本を頼んだ。

「おとうさんに持って行くの」

「おまえがな。そのほうがよろこぶ」

「食べられるやろか」

「ここの鯖なら残さんわ」

「そうやね」

二人して、下をむいた。鯖の棒鮨と箱鮨がなくなるまで無言で食べた。

茶をすすり、好子に話しかけた。

「おやっさんの按配はどうや」

「病院に行ってへんの」

「この二、三日、野暮用が続いてな」

「変わりなさそう。ご飯もちゃんと食べてるみたい」

「話もしてるんか」

「すこしね。でも、なんだか、お顔を見るたびに胸がじわじわ締めつけられて……」

「そう言わんと、まめに足を運んだれ。おやっさん、おまえに会うのが楽しみなんや。ほかのお見舞いはことわってるそうな」

「おかあさんに聴いた」

好子は、両親を七年前に相次いで病で亡くし、唯一の身内の姉は福岡へ嫁いだので、花房夫妻を実の親のように慕っている。好子の両親が逝ってしばらく経ったある日、白岩と好子が花房の自宅に招かれたさい、花房の姐に、二人が結婚して、花房の家を継いでくれたらどんなにうれしいか、と言われたことがある。そのとき、花房は眼を細めてうなずき、好子は顔を赤らめてうつむいた。白岩はとまどい、声がしどろもどろになった。

「でも、うちにはどうしてあげることもできへん」

「そんなことあるかい。おまえの顔を見れば気が休まる」

「これから一緒に行こうよ」

「やめとく。会えばいろいろ訊かれる」

「あかんたれやね」

「そうやねん」

好子がほほえんだ。

「おかあさんの話によると、お医者さんは、あなたのいう東京の病院へ移って、放射線と抗ガン剤の、両方の治療をするよう勧めてるみたい」

「自分らでは手に負えんわけか」

「せっかく国立のがんセンターに入れるのなら、そのほうがベストだって」

「姐さんのお考えは」

「悩んでるみたい。最新の治療を受けても、おとうさんの心のほうがどうかと……大阪を離れることで気弱になるのを心配されてる」

「難儀やのう」

「行くとなればおかあさんも東京に住むと言ってるけど、なれない土地だものね」

「お二人ともこてこての浪花人やさかいな」

「うち、ついて行こうかな」

「店はどうするねん」

「月契約の、常連のお客さんがほとんどだから大丈夫よ。上手に活けられる子もいるし」

「そうか」

白岩は、本音を隠し、そっけなく返した。

好子が同行すれば、花房は心強いだろうし、姐の負担も軽くなる。

だが、頼むわ、とは言えなかった。

東京での面倒事は解決していない。優信調査事務所の木村がみずから長尾菊の警護を口にするほどなので、予断を許さない状況にあるのはあきらかだ。

「ねえ」

好子が顔を突きだし、白岩の眼をじっと見つめた。

ときどき見せる仕種だ。本人の弁によると、そうすることで胸の不安が消えるらしい。

「なんや。ほかにも心配事があるんか」

「あなたのほうこそ、あるんやないの」

「ない」

「嘘ついてもあかん」

白岩は顔をしかめた。どうやら、好子には隙を見せる癖がついてしまったようだ。

あわてて言葉をさがした。なにかを言わなければ、好子の疑念を晴らせない。好子といえども稼業のきな臭い話はしたくない。

――ここにきて、矢部と事務局長の門野さんとの急接近が噂になってる――

前日の金古のひと言で決心がついた。噂が流れているのなら、会う名分ができる。

白岩は、あきれ顔をつくって口をひらいた。

「わいのこと、なんでようわかるねん」

「ほかに興味ないもん。おとうさん以外に、悩みも心配事もないし……なに、言うて」

「東京でおなごが殺された」

「ええっ。なんで」

思いっきり語尾がはねた。

「わからん」

「どれくらいつき合うてたん」

「そっちはない。死ぬ数時間前に初めて会うて、話しただけや。で、警察に訊問された」

「容疑者扱いされてるの」

「その末端やな。東京を離れるなと言われたけど、むり止めはされんかった」

「けど、気にしてる。その事件にかかわるつもりなの」

「どうかな」

「あかんよ。花房のおとうさんのことが、いまは一番やからね」

「わかっとるわい」

好子は普段おっとりしているのに、肝要な場面では己の意志をはっきり示す。

「やっぱり、東京の病院へ移ったほうがよさそうね」

「わいの面倒と一緒くたにするな」

「できましたで」

白岩の声と店主のそれがかさなった。


白のシャツの胸元に金のネックレスがのぞいている。頭髪は白黒混じっているが、三角形に整った顎髭は純白だ。切れ長の眼と薄い唇は賢そうな顔に見えるけれど、全体として飄々とした雰囲気を感じさせもする。六十五歳にしては皮膚に張りも、艶もある。足掛け七年、二代に亘り一成会の事務局長を務める風格か、あるいは、寝業師とも一成会の金庫番ともいわれる自信の表れか、ともかく、存在感はたしかにある。

白岩は、ひさしぶりに膝を交える門野甚六の面構えをとくと見つめた。

京都の祇園の料亭にいる。

「さあ」

門野が徳利を手にした。

それを両手で受ける。

「よう声をかけてくれた」

「京都に用がおましてな。顔を見せんと帰れば失礼になります」

「律儀《りちぎ》な男や。ところで、花房さんは元気にしておられるか」

「ええ。持病の検査があるので、病院と自宅を往復していますが」

「それならええ。風の噂に入院したとかで、心配してた」

「本人に伝えておきますわ。それにしても、門野さんはいつも溌剌《はつらつ》とされてますな」

「平和に暮らしてるからな」

門野が箸を持ち、鱧《はも》の煮《に》凍《こご》りを口にした。

六畳の和室に二人きりでいる。頃合を見計らって仲居が料理を運んでくるが、すぐに立ち去る。門野の好きな芸妓や舞妓も声をかけなかったようだ。

「平和といえば、二週間後の執行部会、穏便に済みますやろか」

「どういう意味だ」

「岡山の清道会の吉本さんが引退されると耳にしました」

「引退やのうて、矢部組が吸収するという話やろ」

「門野さんはくわしくご存じなので」

「矢部に相談されたさかいな。あいつは名門の吸収に色気を見せてるようやが、周りの眼や口を気にしてる。なにしろ、格でいえば、清道会のほうがはるかに上や」

「そう諭された」

「野暮は言わん。時代が時代や。代紋だけではどうしようもないこともある」

「ほっとくんですか」

「いつだったか、吉本と話す機会があってな。やつはもう気力が失《う》せてた」

「そうだとしても、清道会は本家の若頭補佐という要職にある男の組織です。執行部の皆で相談して、清道会を救済するという手もあるかと思いますが」

「その話、聴かんかったことにする」

「どうして」

「己の胸に手をあてたらわかるやろ」

そうか、そういうことか。

白岩は思った。

清道会の吉本会長からの借金の申し込みはあくまで個人の相談事であった。清道会として、組織をあげての相談であれば、それなりの対応をした。結論がどうでようとも、幹部連中を集め、花房組として真摯に対応したと思う。

しかし、そのことを言訳がましく話す気にはなれない。

「それはともかく、まずは矢部と吉本の意志や。今月中に方向性を示せと言ってある」

「その意志しだいで執行部会に諮《はか》る」

「そのつもりや。事前に調整するような次元の話でもないわな」

「矢部が代紋を買うのは世間体《せけんてい》が悪い。古参組長らの反発も買います」

「代紋を買うわけやない。清道会の窮状を救うための援助らしい」

「それでも筋がとおりません」

「なんでや」

「火の車なんは清道会やのうて、吉本個人やさかい」

「そのへんは矢部も承知してて、吉本個人と証文を交わすそうな」

「清道会には手をださんと」

「吸収合併はせんと断言した。その代わりというわけやないが、清道会の舎弟頭の西山が跡目を継いだあと、兄弟分の盃を交わしたいとの意向や」

「それなら傘下に収めるんとおんなじことですわ」

「ちがうな。清道会の顔は四代目の西山になる」

「顔は変えても中身は変わらん。借金は吉本ひとりで抱くにしても、清道会の財政難が解消されるわけやない。二十人ほどの乾分しかおらん西山に清道会を束ねられるとは思えんし、そもそも、なんで清道会の若頭やのうて舎弟頭が跡目を継ぐんか、理解に苦しむ」

「おまえは、なにがなんでも反対か」

「そうやないけど、一成会の若頭補佐まで務めた男の組織がつぶれるのは一成会としても恥になる。ヒモ付きの四代目を認めれば、もっと恥さらしや。兄貴の家を弟がゼニの力で乗っとったと……世間ではようある話でも、極道社会では笑われる」

「ほな、どうせい言うんや」

「いっそ、矢部組に吸収させたほうがすっきりする。格がどうのと言うんなら、矢部を本家の幹部に抜擢したらええんですわ」

「ほう」

門野の双眸がきらりと光った。想定外の展開なのだろう。

それを見て、白岩は内心ほくそ笑んだ。むだ話をするために京都へ足を運んだわけではなかった。ましてや、所用のついでなどではない。優信調査事務所の木村の情報が気になり、あれこれと思案をかさねた末に、金古のひと言を得て、先手を打ちに来たのである。

「若頭補佐にするとは言うてまへん。例えば、事務局長の補佐役でも格好はつく。そうしたあとで矢部組が清道会を吸収すれば、一応の筋はとおる」

「それも妙案やが……」

「門野さんは、吉本が引退して空席になる若頭補佐の座に矢部を推す気なんですか」

「そこまでは考えてない」

「そういう噂もちらほら聞こえてる」

「噂に尾ひれはつきものだ」

「それを消すためにも、わいの案は一考の余地がおますやろ」

門野が腕を組み、間を空けた。

「おまえ、なにを企んでるのや」

「わいが企む……柄やおまへん。門野さんが腹のなかを見せてくれんさかい、わいは思いつくままに話してますのや」

「俺の腹、見たいんか」

「わいも欲目がふくらんできたんか、駆け引きとかを勉強しとうなりました」

「ええことや。腕と度胸はぴか一で、頭も切れる。そんなおまえが、柔軟性いうんか、ずるさを覚えたら、恐いものなしの男になるわ」

「で、どうされるおつもりですの」

「矢部か……十年とは言わんが、四、五年は早い」

「つまり、吉本の後任、矢部以外に、意中の者がおる」

「おるわけないやろ。吉本の引退は確実やが、かりに意中の者がおるにしても、俺の一存で決められるわけがないわ」

「本音ですか」

「俺をうたぐってるんか」

「四年前のことがある」

白岩は、眼と声ですごんだ。こめかみの青筋がふくらむのを感じた。

だが、門野はひるまなかった。

「うらんでるわけか」

「遺恨は残さんけど、おなじ轍《てつ》は踏めん。吉本の後任の一票は大事なんですわ」

「俺の一票は」

「計算してまへん。勝つほうへ行きますさかい」

門野が歯を見せて笑った。

「けど、吉本の後任と抱き合わせの二票になるのは、見すごすわけにいかん」

「この俺を、おどしてるんか」

「まさか。わいの腹のうちはお見せしておこうと思うただけですわ。さっきの矢部の件、つぎの執行部会で諮ってみますか」

「俺とおまえで決めることやない」

「けど、清道会は切羽詰ってますのやろ」

「すぐにつぶれはせん。矢部がしっかり支えてる」

「そこまでやる矢部の狙いはなんですの。老舗の代紋なら、親の友田さんの跡目を継げば手に入る。矢部がほしがってるんは、清道会やのうて、吉本の肩書とちがいますのか」

「うがちすぎや。それに、きつすぎるぞ。矢部は、おまえに近い。花房組の後見人を自任する友田の身内やないか」

「極道の社会は、家があっての家族です」

「人が紡ぎ合うて家族ができるのとはちがうと……そう言いたいんか」

「いまの世のなかは、本物の血も義理の血も似たようなもんかもしれませんが」

「まったくだ。血縁という言葉も死語になりかけとる」

門野が視線をずらし、箸に手をのばした。

白岩は、かねて用意の二の矢を放った。

「それはそうと、京英塾の理事長はお元気ですか」

「ん」

「四、五年前になるか、この祇園で引き合わせてもろうた」

「そうやったのう。俺の還暦祝の席で……理事長の浅井がどうかしたんか」

「ふと、思いだして」

「あそこもおおきゅうなった。東京進出が成功してな。その昔は、自宅で近所の子を集めて塾をやってたんやが、いまや全国に七校を持つ大手の予備校になった」

「古いつき合いみたいですね」

「家が近くでな、俺の倅が小学、中学と、やつの塾に通うてた。浅井の自慢は、極道の息子を東大に合格させたことや」

「ほう。息子さんが東大に……」

「あかん」

門野が顔をほころばせ、手のひらを頭にやった。

「極道者が家族の話をするようでは……歳やな」

「内緒にしときますわ」

「忘れてくれ」

門野がさらに相好をくずした。額に走る皺を深め、顎の白髭がうごめいた。

「ひさしぶりや。浅井を呼んで飲み明かそう」

「結構なお誘いですが、あしたは東京へ行きますねん」

「東京に、なんぞ用か」

「ゴタゴタの片づけがおまして」

「面倒をかかえてるのか」

「聴いてませんのか」

「なにを……だれに」

門野の表情が硬くなった。どんな場面でも余裕を見せる門野にしてはめずらしい。

その顔を見ただけでも、京都を訪ねた収穫があったというものだ。

「事を構えるときは執行部会に諮りますので、ご心配なく」

「そこまであぶない状況なのか」

「でたとこ勝負ですわ」

「まさか、本家の親戚筋ともめてるわけやないやろな」

「いまのところ、縁はおまへん」

「……」

「ほな、これで」

白岩が立ちあがっても、門野は無言だった。

第三章　覚悟

新幹線の列車が音もなく滑りだし、名古屋駅のプラットホームが後方へ流れる。

グリーン車の扉が開き、優信調査事務所の木村直人が姿を見せた。

挨拶代わりの笑みをうかべた木村が座席を回転させ、白岩の正面に座る。

乗客は三、四人で、それも離れている。

「名古屋におなごでもおるんか」

「自分の生まれ故郷です。きのう、白岩さんに電話したあと、ふと、思いつきましてね。最終列車に飛び乗りました」

「ご両親は健在か」

「おかげさまで」

「なによりや」

木村が手帳を見て口をひらく。

「まずは忠信会の内部事情ですが、跡目は木下で決まりですね。高齢の会長は喜寿を迎える来年の一月にも引退し、病弱の若頭も同時に身を退《ひ》くそうです」

「つまり、門野との接触は木下の一存と考えてええのやな」

「差し支えないでしょう」

「どっちが先に接近した」

「そこまではつかめていません。ですが、きっかけはFSSAと不動産業者とのトラブルのようで、不動産業者の代理人として木下が登場し、門野が仲裁に入った。もちろん、門野に依頼したのは京英塾の理事長です」

「それまでのFSSAはまともな団体やったんか」

「とんでもない。留学生からピンハネしていたのはおなじです。トラブルのあと、不動産業者が城西不動産に代わり、城西リースもからんできて、いまの腐敗構図ができあがった」

「いつのことや」

「二年前です。京英塾が東京進出を画策しはじめたのもおなじ時期で、門野は、京英塾の東京進出のよごれ仕事を仕切らせることを条件に、木下との連携を強めたようです」

「新宿署は、それ以前からの、木下との腐れ縁やな」

「はい」

白岩は舌を巻いた。

門野は忍耐強い。寝業師というよりも、詐欺集団の地面師というほうがふさわしい。京英塾の野望にからませて東京進出を図り、二年の歳月をかけ、着実に事を運んでいたのだ。機が熟するのは木下が忠信会の跡目を継ぐ来年早々か。

ほんの一瞬、脳裡につむじ風がおきた。

門野の計画をぶち壊せばどうなるか。

白岩より数も力も圧倒的に劣る門野がどういう対抗手段にでるのか。

真正の極道者であれば、ある程度の推測も予期もできるのだが、門野や矢部は半チクの極道者、いや、極道の仮面をつけた下衆《げす》野郎だ。読みきれない不安はある。

しかし、つむじ風はすぐに鎮まった。

下衆野郎に翻弄されるようでは己の器量もたかが知れている。

先の展開が読めなければ、正面から受けて立つまでのことだ。

木村の存在もおおきい。日を追うごとに信頼感が増している。

白岩の胸のうちを斟酌《しんしゃく》したかのように、木村が背筋を伸ばした。

「忠信会が一成会の傘下に入るという噂があります」

「なんやて」

「ご存じなかった」

「初耳や。その噂、どれほどの信憑性がある」

「噂の発信源は、横浜の関東誠和会《かんとうせいわ》の関係者です。暴対担当者の情報によると、ことしの春以降に三度、門野は、木下を伴って、誠和会の会長と食事をしています」

「ということは、誠和会の会長が仲持ちか」

「そのようです」

白岩は、うなりながら腕を組んだ。

「大幹部のあなたが知らないなんて……そんなことがあるのですか」

「あっても不思議やない」

「門野という人はそれほどの実力者なのですか」

「肩書は事務局長で、権力のど真ん中におるわけやないが、本家の金庫を握っとる」

「財務省と幹事長を兼務している」

「そこまでの力はない」

「しかし、情報源から察して、でたらめとは思えない。暴対担当者もおなじ意見です」

「わいも否定はせん」

「真相をさぐってみます」

「あかん。酔狂の度をすぎとる」

白岩は、顔を窓にむけ、黙りこくった。

車窓一面に海がひろがっている。

九月になっても太平洋は夏の色だ。

真っ青な水面に立つ無数の白波はあざやかすぎて、白岩の神経を逆撫でる。

東へ、西へ。門野の策謀はとどまるところを知らないようだ。

白岩は、きのうの門野とのやりとりを思いうかべた。

――つまり、吉本の後任、矢部以外に、意中の者がおる――

あのひと言はとっさにでた。

――かりに意中の者がおるにしても、俺の一存で決められるわけがないわ――

忠信会の跡目を継ぐ木下が意中の者なのか。

一成会の六代目と兄弟縁を結ぶ関東誠和会の会長が縁組の仲人に立てば、木下にそれなりの肩書を要求するだろう。しかも、仲人の顔はつぶせない。

縁談は、六代目も、その腹心の本家若頭も承知の上で進められているのか。

知らぬは自分ひとりなのか。

矢部はどうなのだ。京都で、忠信会の木下と会ったということは、門野の策謀を承知しているのか。それとも、門野のいいようにふりまわされているのか。

白岩は、眼を見開き、立っては砕ける白波をにらみつづけた。

どれほどの時間が流れただろう。

瞳のなかで白波が動かなくなった。

一成会の本家で行なわれる執行部会は一週間後に迫っている。

東も西も、それまでが勝負やな。

胸のうちでつぶやき、白岩は眼をとじた。

たしかなのは、いまや白岩の存在が連中にとって眼の上の瘤ということである。

その確信が白岩の余裕を下支えしている。


東京駅に着くと、木村と別れ、弁護士事務所へむかった。

列車が横浜駅を発《た》った直後に電話が入り、佐野裕輔の釈放決定を知らされた。

弁護士と一緒に新宿署へ出向き、佐野の身柄を引きとって玄関を出たところで、待ち構えていた暴対係の立花に声をかけられた。

弁護士と佐野を先に帰し、白岩と立花は新宿署に近い喫茶店に入った。

「おまえ、警察庁にも友だちがいるようだな」

「びびったか」

白岩は、茶化すように言った。

木村が佐野の釈放に尽力したことは弁護士の話でわかった。彼の話によれば、執拗に交渉しても、新宿署にはねつけられていたらしい。それが急転直下の釈放に、弁護士も驚いていた。電話のあと、木村にその話をしたのだが、よかったですね、とひと言を返され、白岩は感謝の言葉を胸にしまったのだった。

「誰がびびるか。上司の顔を立ててやったんだ。それに、雑魚の相手はもう飽きた」

「なんで一週間も泊めた。わいへの牽制か」

「どうしてそんなことをする必要がある」

「おまえらの悪さがばれんようにするためや」

「なんの話だ」

「忠信会との腐れ縁、長いらしいな。おまえだけやのうて、新宿署の古参どもは忠信会の木下とつるんで、おいしい思いをしてるそうやないか」

「でたらめ言うな」

「いずれわかる」

「ラブホテルで、殺された女となにを話した」

「佐野に聴かんかったんか」

「なめてやがる。女を抱くつもりで連れ込んだが、おまえに邪魔されたそうだ。おまえが女と話してるあいだはトイレでうなってたとぬかしやがった」

「あいつには悪いことした。今夜は吉原を梯子させたるわ」

「応えろ。なんの用があって女をホテルに連れ込んだ」

「おなごをさがしとる」

「どこの女だ」

「花園神社から姿を消したおなごや」

「なんでさがす」

「ひとめ惚れや」

「おい」

立花が眼の玉をひんむいた。

「あんまりなめるな。このままおまえを引っ張ってもいいんだぜ」

「やってみんかい」

「また警察庁の友だちに泣きつくか」

「それもええのう」

「つぎは容赦せん。おまえをパクれば箔がつくってもんだ」

「薄っぺらい金箔が好みなら、その面に貼ったるで」

「ふん。正直に話せ。その逃げた女と殺された女に接点があったのか」

「それを知られとうないやつが殺したんやろ」

「心あたりがあるのか」

「おまえの胸に訊け」

「なんだと」

「おまえらも逃げたおなごを追いかけてるんやろが」

「なんでそんなことをやる必要がある」

「いちいち訊くな。茶番につき合うてるひまはない」

「なあ、白岩さんよ」

　立花が声音を変えた。

「くだらんことにかかわるな」

「そうもいかんのや。このへんが……」

　白岩は、心臓の上を手のひらでさすった。

「もやもやする。恋かもしれん」

「ばからしい」

「ゼニでしか動かん連中には死んでもわからんわな」

「なにっ」

立花が眼尻を吊りあげた。

先刻から、立花の表情も口調もコロコロ変わる。

白岩は、それを観察しながら、確信を深めた。

アンジェリカは忠信会の連中に捕まっていない。それどころか、手がかりさえもつかめていないのだろう。しかし、あきらめるつもりはなさそうだ。

「吠えるな。ほかのお客さんが迷惑する。それより、なんでおなごの素性を訊かん」

「行方知れずの外国人など、かまってられるか。東京にはそんな輩《やから》がごまんといるんだ。公安の連中でさえ実態を正確には把握できてない」

「けど、おまえたちはほっておけん」

「なぜ、きめつける」

「ホテルで殺されたおなごは忠信会の木下の店で働かされてた」

「働かされてたと、あの女がそう言ったのか」

「忘れた」

「薄情な男だぜ。あんたとかかわったせいで……」

立花の声が掠れて、消えた。白岩が立花のシャツの襟をとったせいだ。

ぐいと引き寄せる。

「それが動機か」

立花が苦しそうに顔をふる。うめき声がもれた。

「だれが殺《や》った」

「知るもんか。俺は、可能性のひとつを言おうとしたまでだ」

「なんで、わいにつきまとう」

「めざわりなんだよ」

「ほな、わいに協力せえ」

白岩は手を放し、すこし間を空けた。

「おなごに会えたら、周辺の景色は全部忘れたる。どうや、ええ話やろが」

立花の瞳がゆれた。だが、思いとどまったのか、すぐにらみつけてきた。

「新宿署のマル暴をおどすとは太い野郎だぜ」

「わいに協力せんかったら、後悔するはめになるぞ」

「それはこっちの台詞だ」

「スポンサーの木下に伝えろ。おなごの身になにかあれば、組ごとつぶすとな」

「できるもんか」

立花がせせら笑った。

まんざらの強がりではなさそうだ。

立花は、一成会と忠信会の縁談を知っているのか。

不意にそう思い、木村の言葉がよみがえった。

――新宿署の動きがにぶいのはいささか気になります――

――忠信会も同様です――

忠信会の木下は縁組が破談になるのを恐れているのか。

花房組と事を構えれば、いかに関東誠和会の会長が仲を持っても縁談は流れる。その前に、体面を気づかい、誠和会は手をひく。

つまりは、面とむかって白岩を攻撃できないわけだ。

だが、油断は禁物である。

門野ならどんな卑劣な手段を使っても、己の策謀を成就しようとするはずだ。

忠信会も、あまり追い詰めれば、破れかぶれの暴挙にでるかもしれない。

立花が真顔になった。

「悪いことは言わん。大阪でおとなしくしてろ」

「そうもいかんのや。地域限定のおまえとちごうて、わいは全国区でな。関東のやくざ者は義理掛け興行が好きなようで、しきりに呼ばれる」

「勝手にしやがれ。けど、俺の島には出入禁止だ。つぎに騒ぎをおこしたら、必ずおまえに輪《わ》っぱをかけてやる」

「俺の署に、俺の島……たいそうなものを背負うて、ご苦労なことやのう」

「おちょくってるのか」

「感心してるねん。立派なプロ意識や」

「プロの俺に、女も抱けんインポ野郎の相手をさせるな」

言いおえたときはもう、立花は顔をゆがめていた。

白岩の靴の踵が立花の足の甲に乗っている。指の付け根の関節のあたりだ。

「もういっぺんぬかしてみい」

「す、すまん。言いすぎた」

白岩は重石《おもし》をはずした。

立花が額にうきでた汗を手でぬぐう。

「ほな、またな」

白岩は、伝票を手にレジ台へ向かった。

立花は追ってこない。五、六分は動けないだろう。

濃紺の四駆が深夜の東京をひた走る。乾分《こぶん》の古川真吾に借りさせ、偽造プレートをつけている。木村の提案による。車が首都高速道路に乗った。

白岩は、となりで身をすくめる女に体を寄せ、頭に被せた布袋をとってやった。

眼を合わせた女が短く声を発し、のけ反った。車内は暗くても、表情はわかる。女はずっと体をふるわせていた。恐怖に耐えるかのようなつぶやきも聞こえていた。

事の発端は夕刻にかかってきた木村からの電話だった。

――女を攫えますよ――

木村は、いきなり、そう言った。気負いは感じられず、けしかけるふうでもなかった。

ラブホテルでの殺人事件以降、忠信会の木下が経営する三つのパブは営業を続けながらも、本業といえる売春斡旋のほうは自粛していた。しかし、それは表向きで、素性の知れた常連客には携帯電話のやりとりで女たちを歌舞伎町のラブホテルに派遣しているという。

木村は、その手口を詳細に把握し、利用するラブホテルも特定した。大久保のアパートに住まわせる女たちの半分をパブで働かせ、残る半分をアパートから直接、ホテルへむかわせているのだ。女たちには監視の者が付き、車で送迎するらしい。

──ラブホテルを出て監視役が待つ車へ行く一、二分が勝負です──

否も応もない。即断だった。万端調え、木村の一報を待った。売春女のだれでもいいとい
うわけではない。大久保のアパートから消えたフレアと同室の、それも、できることならパ
ラダイス倶楽部で働く女がベストである。

そのベストの女がとなりで身をふるわせ、いまにも叫びだしそうな表情を見せている。

白岩は、眼にやさしさをこめた。

「おまえを助けたる。無事に逃がしてやる。わかるな」

「うん」

「日本語は話せるか」

「大丈夫」

「パラダイス倶楽部でどれくらい働いてる」

「もうすぐ一年になる。その前は日本語学校に通ってた」

「高田馬場のＫＥＣか」

女が眼をまるくした。浅黒い顔に、白眼がきわだつ。

「ＮＰＯ法人、ＦＳＳＡの紹介で通ってたんやな」

「そう。どうして知ってるの」

「なんでも知ってる。そやから、安心せえ。わいは、おまえらの味方や」

女がふうっと息をぬいた。

白岩は、缶コーヒーを手渡した。

女が飲み、また息をつく。そのたびにすこしずつ表情がゆるむ。

ポケットの携帯電話がふるえた。木村に借りた代物だ。自前は使うなと言われた。

「わいや」

《木村です。五分ほど前、新宿署の立花が忠信会の事務所に入りました》

「雑魚らが動きだしたんか」

《ラブホテルの前で女を奪い返そうとして殴られたやつが事務所に駆け込み、あなたの車が発進して十分後には十名ほどの男らが車に分乗して散りました》

「追うなよ」

《そこまではしません。わたしも社員をかかえていますので》

「ええ心掛けや」

《新宿署が動くのも想定しておいてください。車輛検問の余裕はないでしょうが》

「立花がそうする名分は」

《暴力事件とか、適当につけられます。相手が一成会なら上の判断を必要としません》

「けっこうなシステムや」

《また連絡します》

白岩は、携帯電話を畳み、女に視線を戻した。

「教えてくれ」

「なにを」

「マレーシア人のフレアを知ってるわな」

「知ってる。けど、いまはいない」

「逃げたんか」

女が口をつぐみ、うたぐる視線をむけた。

「心配するな。あの子を助けるために動いとる」

「ほんとに」

「どこかに隠れてるはずや。悪いやつらが見つける前に保護したいねん」

「あの子、コンビニに行ったきり、帰ってこなかった」

「部屋のだれかと、逃げる相談とかしてなかったんか」

「できないよ。どの部屋にもひとりか二人、スパイがいる」

「スパイてか」

「その子たちは、はじめからおカネを稼ぐのを目的で日本に来てる」

「アパートに、おまえらとおんなじようにだまされたおなごは何人ほどおる」

「さあ。ほかの部屋の子と話す機会はないし……でも、七割くらいはいると思う」

「皆がFSSAを頼って留学してきたんか」

「わからない」

「おまえは、FSSAに城西不動産を紹介された」

「そう。アパートを世話してもらい、日本になれるまではこれで生活しなさいって、三十万を貸してくれた」

「城西リースやな」

「FSSAの人が立ち会って、おカネを渡されるとき、契約書にサインさせられた」

「内容を確認せんかったんか」

「日本語を読むの、むずかしい。それに、日本のNPOを信用してた。国にいるときから、いろいろ親切にしてくれて、留学の手続きとかもおしえてもらった」

「国はどこや」

「インドネシア。わたし、日本で介護士の資格をとるつもりだった」

「ＦＳＳＡは東南アジアにも支部があるんか」

「知らない。でも、インドネシアの支援団体はＦＳＳＡと関係があるみたいだし、わたしに声をかけた人も、ＦＳＳＡの指示で活動してると言ってた」

「カネを借りたあと、どうなった」

「三か月がすぎたころ、突然、男たちがアパートに押しかけてきて……おカネはアルバイトをはじめてからすこしずつ返せばいいと言ってたのに……きたないよ」

「利息をはろうてなかったんやろ」

「そんな話は聴いてなかった」

「借りたカネ、全部つこうたんか」

「半分以上、国へ送った。わたしが留学する支度や世話をしてくれた人たちへのお礼で、親があちこち借金したのを知ってたから」

「三十万円が三か月でなんぼになってたんや」

「百万円よ。滞納の利息がすごくて、それに、複利なんとか……持ってた七万円ではとても払いきれなかった」

「フレアもおんなじ目におうてたんやな」

「たぶん。くわしくは知らないけど、あの子、毎日毎日、泣いてた。わたしは、途中でもうあきらめた。歌舞伎町で働かされて一年。年季が明ければ、国へ帰れる」

「年季やと」

「わたしたちを見張ってる男たち、そう言ってた。留学ビザの期限みたい」

「女郎《じょろう》とおんなじやな」

「えっ」

「なんでもない。ところで、男らがアパートに来たとき、FSSAに連絡せんかったんか」

「電話したよ。でも、叱られた。どうしてそんなばかなまねをしたんだと……」

「警察には」

「そんな時間はなかった。荷物をまとめさせられ、車に押し込まれた」

「それやのに、FSSAには電話させたんか」

「そうなの。電話がきれると、納得しただろうって、笑われた」

女が自虐の笑みをうかべた。

話しているあいだ、女の表情はめまぐるしく変化していた。希望と絶望を、異国の地で、それも短期間に味わった女には、身の不運を嘆くことしかできないのだろう。

「わたし、ほんとに助かるの」

「ああ。国へ帰したる。その前に、もうひとつ、教えてくれ。フレアに、二歳上のお姉ちゃんがおるのを知ってるか」

「うん。写真を見せてもらった。とても仲がよさそうだった」

白岩は写真を見せた。

女の口元がほころんだ。写真を見てようやく白岩の話を信じたようだ。

白岩も笑顔をこしらえた。

「どうや」

「この人よ」

「フレアがお姉ちゃんと連絡をとり合ってたということはないか」

「わからない。ケータイは見張り役の男たちとの連絡以外に使えないし、使ってるのがばれたら殴られる。罰金もとられる」

「隙を見て、警察に駆け込んだやつはおらんのか」

女がぶるぶると頭をふった。

「こわいよ。やくざも、警察もこわい。仲間のなかには警官に抱かれた子もいる。ただ乗りよ。お店で遊ぶ警官だってひとり二人じゃないの」

「フレアの姿が見えんようになったんはいつや」

「もうひと月になるかな。わたしも、まさか逃げるとは思ってなかった。臆病で、泣き虫で、怯えて暮らしていたからね」

「自力で逃げたんやろか」

「そうだと思う。だって、あの子がいなくなった朝、男たちが顔色変えて怒鳴ってたもん。そのあと、監視がきびしくなって、しばらくはコンビニにも行けなかった」

「捕まった様子はないのやな」

「わからない。捕まってれば、たぶん、ほかの土地に移されてる」

「歌舞伎町の店だけやないんか」

「ちらっと耳にした話では、いろんなところに飛ばされるって」

「なんちゅうこっちゃ」

白岩は、暗澹《あんたん》たる気分になってきた。弱者いじめは虫けらどもの、たったひとつしかない常套手段にちがいないけれど、怒りを通りこして、情けなくなる。

極道者も非道な虫けらどもも世間から見れば大河の淀みの住民で、実際、そこに生きる者の習性と行為は誰も彼も似たり寄ったりなのだが、ぎりぎりのところでの線引きはある。

腕をつかまれた。

「わたし、捕まったら殴られる。殺されるかもしれない」

女の眼に恐怖が戻った。さっきよりも瞳がゆれている。

白岩は、用意の封筒を女の手に握らせた。

「五十万ある。国へ帰る旅費には充分やろ」

「帰れないよ。パスポートをとりあげられてるもん」

「心配するな。飛行機に乗るまで、面倒みたる」

力強く言い放ち、運転席の古川に声をかけた。

「いま、どこや」

「大井あたりです」

「多摩川を渡って下におりたところで停めえ。わいは降りる。あとは、わかってるな」

「はい」

女が隠れるホテルの確保と出国の手配は木村に頼んである。


翌日の昼前、白岩は、FSSAのオフィスに足を運んだ。

優信調査事務所の木村と電話で話し、昨夜以降の状況をふまえたうえでのことだった。

新宿署は動かなかった。白岩らが女を攫ったあと、忠信会の事務所にむかったのは暴対係の立花警部補ひとりで、彼は一時間後に若頭補佐の木下と歌舞伎町の焼肉店に入った。その店には新宿署の五名の警察官が集まったようだが、焼肉店から新宿署へ戻った者はおらず、新宿署も緊急配備などの動きはまったく見せなかったらしい。

暴行されたのがやくざ者、拉致されたのはパラダイス倶楽部のホステスということで、新宿署内に設置されたラブホテル殺人事件の捜査本部を刺激したくないとの思惑が働いたのだろうというのが、木村の見方であった。

その話を聴いて、白岩はすこしがっかりした。敵は防御を固めている。そんな感じだ。動かないのであれば、さらに攻撃を仕掛けるしかない。

今回のFSSA訪問では、事前にアポイントメントをとった。

事務長の新田の表情に険しさは感じられなかった。

白岩は、いきなり本題に入った。

「あのおなごのこと、わかったんか」

「おなご……ああ、誘拐されそうになったという……まだおさがしなのですか」

「わいは、しつこいねん。ところで、ここはほんまに留学生を支援してるんか」

「あたりまえです」

「ほな、なんで、助けを求める留学生を見捨てた」

「なにをおっしゃってるのか、よくわかりませんが」

「高利貸しのやくざ者に攫われそうになって電話をしたが、逆に、叱られたそうな」

「ほんとうの話なのですか」

「とぼけるな。その高利貸しを紹介したんはＦＳＳＡやないか」

「言いがかりはやめてください」

「じゃかましい」

白岩は、一喝し、にっと笑った。

「えげつない商売しとるのう」

「失礼な。それに、ＦＳＳＡの活動は商売ではない。慈善事業です」

「あほぬかせ。おまえらのあこぎな手口はもうばれとる」

「あこぎとは聞き捨てならない。支援の体制を充実させ、組織を維持するための入会金や会費も最低額に抑えてます」

「大昔の口入屋《くちいれや》のピンハネとおんなじやないか」

「あなたは、おどしに来たのか」

「あほなことぬかすな。極道の看板が腐るわい」

「それではどうして何度も……」

「わいがさがしてるおなごの妹はここを頼って日本へ来た。そのおなごも行方不明や」

「よくあるのです。日本の豊かな生活に麻痺し、本来の夢や希望を忘れておカネや快楽に走る子たちが……そうならないよう、こまめに指導やカウンセリングを行なっているけれど、ご覧のとおりの少人数で、充分に対応しきれていないのが実情なのです」

「おちこぼれは、ほったらかしか」

「残念ですが、致し方ありません」

「けど、まだ搾りとれるおなごはそうもいかんわな」

新田がうんざりというふうな顔を見せる。

「妹のほうやが、ＫＥＣには行けんようになり、アパートは追いだされ、健気《けなげ》な夢は三か月でぶち壊された。高利貸しに売春を強要され、タコ部屋にとじ込められた」

「そんな、ばかな」

「もう裏は読めとる」

「たしかな証拠があっておっしゃってるんでしょうね」

新田の語気が強くなった。

そのとき、ドアが開いた。

新田が視線をふる。ふるや、顔をほころばせ、声をはずませた。

「おお。いいところへ来てくださいました」

新宿署地域課の森田である。

「この男が、なにか無体を働きましたか」

白岩は、挑むような森田の視線を余裕で受け止めた。

「茶番はええ。はよう座らんかい」

森田がこのビルのなかに入ったのは確認ずみだ。

面談のアポイントをとった時点で、新田が援軍を要請するのは想定していたけれど、これまで矢面に立ってきた立花に代わって、森田が登場してきたのはちょっぴり意外だった。マル暴の刑事が堂々と所管外のオフィスに姿を見せるのをはばかったのか。森田はとなりの部屋で息を殺し、耳の穴をひろげていたにちがいない。

白岩は、新田のとなりに座った森田をきっと見すえた。

「こいつらのあこぎな商売、やめさせえ」

「なにっ」

「おまえ、ことしのゴールデンウィークに豪勢な海外旅行をしたそうやな」

「それがどうした」

「一週間のヨーロッパ旅行の旅費に、ぎょうさんのお土産……一切合財、同行したとなりのおっさんがクレジットカードで精算しとる」

「うっ」

「それだけやない。この五年間、飲み食いのツケやゴルフ旅行の代金は、アジアトラベルと城西不動産、それにどういう仲か知らんけど、京英塾とKECがはろうとる」

森田がボキボキと音を立て、首をまわした。口はへの字にまがっている。

「どうや。まいったか」

「ふざけるな」

「あんまり往生際が悪いと、泣きを見るぞ」

「なあ」と、森田が顔を近づける。

「女ひとり、それも外国人のために、どうしてここまでやる」

「わいには正義もクソもないが、おなごがいたぶられるのは見すごせん」

「格好つけるな。そんなやつがいるもんか。なにか魂胆があるにきまってる」

「それをゲスの勘ぐりと言うねん」

「うるさい。とっとと大阪へ失せろ」

「暴対の立花もおんなじ台詞を吐いたが、そんなにわいが邪魔か」

「不愉快なだけだ」

「おまえらが桜の代紋をはずしたら消えてやる」

「告発する気か」

「そっちの出方しだいやな」

「しても相手にされん。関西の極道者の戯言《ざれごと》など、だれが聴くものか」

「代理を立てる手もある。政治家の不正疑惑を告発するヒモつきの市民団体とか、いまの世のなかにはゼニで動く連中はなんぼでもおる」

「目的はなんだ。カネか」

「カスリの上前をはねるのは趣味やない。わいはおなごをさがしとる。おまえら、邪魔せんと約束せえ」

「ばかばかしい。たかが、よその国の小娘一匹」

「わいには会わなあかん理由がある」

「会ってどうする気だ」

「さあな。元気な顔を見れば気が済むかもしれん」

「冗談にもほどがある。本音を言え」

「話が嚙み合わんようやな」

「ま、待て」

「なんや」

「話し合おう。お互い納得できる方法が……」

「その必要はない。わいはおなごの証言を握っとる。だれかは言わんでもわかるわな」

「やっぱり、おまえの仕業だったのか」

森田が腰をうかせた。頬がひくついている。

「この場で、わいをパクるか。やってみい。わいがここを無事に出れんかったら、マスコミが騒ぎだすぞ。NPO法人とやくざ、それに、警察の三すくみの悪行が表ざたになる。おなごの話によれば、忠信会の木下が経営してる風俗店に警察官が出入りしてるそうやな。連中に何度も何度もただ乗りされたと、涙流して怒ってたわ」

「くそっ」

「わいにまとわりつかんのなら、それらのすべて、忘れたる」

「信じられん」

「哀れな男よ」

「きさまっ。許さんぞ。ここは東京だ。勝手なまねはさせん」

「東京、東京と、うるさいわい。東京の空は一年中、晴れ渡ってるんか。お星さま、キラキラなんか。大阪は闇夜か。それでもかまへん。闇にしか生きられん男にかて意地も覚悟もある。それをとくと見せたるさかい、首を洗うて待っとれ」

森田が唇をかんだ。頬が痙攣している。

となりで、新田が青ざめた顔を下にむけた。

「わいは、正義をふりかざす気などない。おなごの、それも姉妹の無事な顔を見たいねん。けどな、これだけは言うとく。二人の身になんぞあったら、桜田門をふみつぶしたる」

白岩はすくと立ちあがった。

退き時だ。雑魚を締めあげたところで埒《らち》はあかない。眼前の二人がＦＳＡと警察との癒着を否定しなかっただけでも来た甲斐があるというものだ。胸の内ポケットにはマイクロホンを忍ばせている。会話は近くの路上に停まっている前線基地が録音したはずである。


コーヒーショップの窓際のカウンターで、木村と肩をならべている。

住宅街の昼さがり、店内にはテーブル席に二組の客がいる。

木村が声をひそめた。

「偽造パスポートを入手しました」

「それなら一刻も早く逃がしてやれ」

「いいのですか」

「おなごを小道具に使う気はない」

「しかし、切り札です。保護してる女の証言はすべて録音し、うちの調査員がその証言のウラをとるのに走っている。ばれることはないと思いますが、彼女が帰国したのを知れば、連中はここぞとばかりにあなたを攻撃しますよ」

「かまへん」

木村が眼を見張った。あきれたのか、感心したのか、どちらかわからない表情だった。

「それにしても、あくどい連中ですね」

「留置場にぶち込みたくなったか」

「ええ」

「もうすこし辛抱せえ」

「わかってます。仕事が終れば、録音テープを利用させてもらいます」

「会話の相手がわいと知れても利用価値があるんか」

「うまく処理します」

「わいのことは気にするな。国会の喚問にかて応じたる」

笑みをひろげた木村が急に表情を戻した。

「あの子がメイファです」

木村がさした指の先、斜向かいのマンションから小柄な女がでてきた。黄色のTシャツにジーンズ。デイパックを背負い、軽い足どりで駅の方角へ歩きだす。

路地角に立っていた男が女のあとを追う。女とおなじ歩調だ。

白岩は、二人を眼で追った。

「おまえの部下か」

「いえ。新宿にある探偵事務所の者で、この三日間、ぴったり彼女をマークしています」

「雇い主は、忠信会の木下やな」

「はい。日没すぎると忠信会の連中がマンションの周辺をうろつき、パトカーも頻繁に巡回するようになりました」

「このへんも新宿署の縄張りなんか」

「戸塚署です。森田は戸塚署の地域課の連中ともつき合いがある。おそらく、なんらかの理由をつけて、森田が協力を要請したのでしょう」

「芋の蔓やな」

「警察官は異動のたびに丁寧な引継ぎをやるので……蔓どころか、蜘蛛の巣状態ですよ」

「なげくな。それより、連中はどうしてここに的を絞ったんや」

「メイファがNPOの人権擁護団体のオフィスを訪ねたせいだと思います」

「NPOどうしが連携してるんか」

「そうとはかぎりません。NPOの情報システムなんて容易にアクセスできます」

「連中は見張ってるだけか」

「そうです。あの子に接触する気配もありません」

白岩は視線を戻した。七階建ての白いマンションの玄関はモニター付きオートロックで、エントランスにはしゃれたソファが配されている。

「ええマンションに住んどるな」

「高田馬場駅から徒歩五分。１ＬＫで家賃が十八万円だそうです」

「おまえの読みも、メイファが本命なんやな」

「というより、ほかは考えにくいのです。行方不明のフレアが日本語学校で遊ぶ子は三、四人いましたが、メイファとはとくに親しかったようで、それは彼女も認めました。ほかの子たちは皆、国籍が異なり、国での環境もフレアと似たようなもので、安アパートに住み、夜はバイトに励んでいます。フレアを匿《かくま》えるとすれば彼女しかいません」

「どうする気や」

「えっ」

「フレアが大久保のタコ部屋を逃走したんがひと月ほど前。わいが姉とかかわって三週間がすぎてる。匿うだけでは埒があかんやろ」

「彼女は三日前に人権擁護団体を訪ね、翌日にはマレーシア大使館へ……その両方に相談したものと思われます」

「警察は……頼らんわな」

「フレアにしてみれば、敵ですからね」

「忠信会の連中も、新宿署の森田らも、なんでマンションに踏み込まん」

「リスクのほかに、魂胆もあるのでしょう」

「たとえば」

「自分なら姉と妹を引き離しますね。姉のビザはあと数日できれる。きれたと同時に身柄を拘束し、強制送還させる。それなら捜査の正当性を主張できるし、マスコミも騒がない。違法滞在者の摘発は日常茶飯事に行なわれています」

「そのあとで、妹を奴隷に戻すわけか」

「それならリスクもすくなくて済みます」

白岩は首をかしげた。勘が同意しない。

「気に入りませんか」

「新宿署の悪どもはともかく、やくざがそこまで慎重で辛抱強いとは思えん。たかがおなごひとりや。たいしたしのぎになるわけやない。逃げられたとしても痛手にはならんわ」

「自分らの悪さがばれるのを恐れてるのではありませんか」

「それなら強引にでも攫うほうが安全で、てっとり早い。わいがやったようにな」

木村が肩をすぼめた。女を攫うよう提案したのは木村である。

頭のなかがにわかに騒がしくなった。

「木下はどうしてる」

「きのうの昼に京都から戻ってきて、夜は新宿署の連中と飲んでいました」

「メンバーは」

「暴対係の立花、地域課の森田、生活安全課の平井の三名です」

「ワルの幹部会議か」

「ええ、まあ。なんとも情けないことで」

「気にするな。大阪府警にはわいの友が何人もおる。それで点数を稼ぐ警官もおる」

「しかし、連中はあこぎすぎます。反吐がでそうなほどの情報が集まりました」

「先手を打つか」

「踏み込むのですか」

「ほかに妙案があるんか。姉のパスポートがきれたらおしまいなんやろ」

「それはそうですが、二匹目のドジョウはあぶない。むこうも警戒を強めてるはずです」

「知恵を貸してくれ」

「ほんとうに、やるのですか」

「いますぐというわけやないが」

「忠信会の縁談話とリンクさせてるのですか」

「おまえには関係ない」

「しかし、やっかいなことになりませんか」

「くだらんことに気をまわすな」

「わかりました。姉妹を無事に救出する方法を考えます」

「わいが実行する。おまえは手助けをしてくれるだけでええ」

白岩は、窓に視線を移した。

陽光をはね返すマンションが女たちを護る砦のように見えた。


乾分らの笑顔を見ると気分が凪《な》ぐ。

古川と竹内は、すこぶる付きの笑顔で、事務所のキッチンを動きまわっている。兄貴分の佐野の釈放がよほどうれしかったのだろう。

「おまえら、いつまで待たせるんや」

「おすっ」

声にも元気がある。

ほどなく、テーブルに器がならんだ。鉄板プレートをはさんで、肉を盛った大皿と、野菜を天こ盛りにしたザルがふたつ。十人前はありそうだ。

白岩は、正面に座る佐野にビールを注いでやった。

「ご苦労はん」

古川も竹内も労いの声をかけ、佐野が笑顔で応じた。

「どうやった。東京の留置場は」

「破綻寸前の大阪とちごうて、立派なもんですわ。檻のなかはきれいやし、官弁もうまい。あれを知ったら、ホームレスが我先に犯罪をおかしますやろ」

「刑事はどうですの」

古川の問いに、佐野が顎をあげた。

「屁みたいなもんや。関西のマル暴刑事が鬼に思えたわ」

乾分らは冗談を飛ばしながら、焼肉を頬張る。

三キロの肉がまたたく間に半分ほど減った。ザルもひとつが空になった。

古川が立ち、丼を運んできた。具沢山のカルビスープだ。

三人とも料理が上手い。佐野も含め、毎日、交替で夕食を作っているらしい。それも花房組の伝統である。花房組がつぶれても、乾分らは食うに困らん。料理の腕があるさかいな。それが花房の口癖でもあり、自慢でもあった。

白岩は、与太話を聞きながら、飲んで、食べた。

三人はほとんど酒を飲まなかった。有事のさなかの慰労会なのを自覚しているのだ。

白岩は、皆の丼が空になったところで口をひらいた。

「おまえらにはもうひと踏ん張りしてもらう」

乾分らの顔が豹変した。

即座に応じたのは佐野である。

「仕返しができますのか」

「つぎは留置場では済まんかもしれん」

「殺されても構いません」

「そう言うな。今回ばかりは、わいも気がひけてる。見も知らずのおなごを助けるためにおまえらの体を張らせて、すまんな」

「とんでもおまへん。自分ら、親分のためなら、喜んでなんでもやります」

佐野の言葉に、古川と竹内の眼が光った。

「むこうも必死や」

「関東のやくざ者には負けません」

「忠信会のうしろには身内がおる」

「えっ」

「本家の事務局長の門野や」

「どういうことですの」と、古川が訊いた。

「理由は話さん。おまえらは知らんでええ」

「わかりました」

古川の返事に、佐野が続く。

「願ったり、叶ったりですわ。先代のうらみ、晴らせます」

「そう力むな。門野が正面きってあらわれるわけやない」

門野には武力がない。武器を持って戦ったことのない極道者である。

木下も迂闊には手をだせない。白岩と事を構えれば、縁談がぶち壊れる。

自分に矢を放つのはどこのどいつか。

白岩は、その一点に神経を集中し、ひとつの結論に達した。

警察しかない。新宿署の悪どもがいる。

白岩を逮捕すれば、門野の謀略は成就する。東京に留め置いているあいだに、執行部会で既成事実をこしらえる。白岩さえいなければ、簡単に事が運ぶのはあきらかである。

門野が京都で策を与え、東京に戻った木下が新宿署の連中に指示をだした。

そんなところか。

連中にとっては、白岩がマレーシア人の姉妹の救出に動いたときが絶好機になるだろう。住居侵入、誘拐、木下の乾分ともめての暴行、傷害。罪状はいくらでもつくれる。

上等や。誘いに乗ったる。

白岩は腹をくくったのだった。

「どういう状況になろうと、警官には手をだすな」

「新宿署の連中もグルやないですか」

「それでもあかん。パクられるわけにはいかんのや」

「親分には迷惑かけまへん」

「おまえらがパクられれば、間違いなく、わいも運ばれる。普段ならそれでもどうということはないが、わいには大阪でもやることがある」

「忠信会の連中ならどやしつけて構いませんのか」

「そうならんよう計画を練るが、衝突したら、存分にやれ」

「おすっ」

三人が声を揃えた。

同時に、携帯電話の着信音が鳴った。

乾分らが身構える。

白岩は、液晶パネルを確認して席を立った。

相手は、花房組若頭の和田信である。

「わいや」

白岩は、短く言葉を交わしながら部屋を出て、通路向かいの自室に入った。

《友田の伯父貴から二度も電話がありまして、親分は連絡がとれん場所にいるとお応えしたのですが、それで留守が務まるのかと、きつう叱られました》

「つぎにかかってきても、おなじ返事をせえ」

《わかりました。けど、ご立腹の様子で……なんぞおましたんか》

「知るか。相手にするな」

《はい。石井の伯父貴に代わってもよろしいか》

「事務所に来てるんか」

《伯父貴に頼まれて電話をかけたんです》

声が変わった。

《兄貴。わがまま言うてすまん》

「どないしたんや。声がふるえとるやないか」

《はらわた煮えくり返って……あのどあほ、骨の髄まで腐ってたわ》

「矢部のことか」

先日の、病みあがりの石井の言葉を思いだした。

――もう一度矢部に会い、腹を割って話をしてみるわ――

かつて石井は矢部と仲がよかった。石井が花房組の若衆、矢部が友田組の若衆だったころのことだ。同門の同い年のうえ、出身地がおなじ島根という縁で、二人はよく連れ立って遊んでいた。ともに本家へ盃を直した四年前からしだいに会う機会が減り、花房が引退した二年前ごろにはすっかり疎遠になってしまったが、諍《いさか》いがあったわけではないらしい。

仲間とのゴルフの前日に石井が矢部と会ったのはそういう背景があるからで、石井には、旧交を温め、矢部の真意を聴きだすという思惑があった。

「たしか、おまえは、考えるところがある、と言うてたな」

《元の矢部に戻す方法を考えてた》

「無茶なことを。やつの変わりようは半端やない。おまえがつるんでたころとは別人や」

《性格は変わらんと信じてた》

「ゼニの力なら変わるかもしれん」

言ったあと、わずかな後悔がめばえた。

花房組の幹部連中はカネの恐ろしさを生身で体験している。花房組の身内だけではなく、中立の立場をくずさなかった本家の親分衆も、警察のマル暴関係者も新聞や雑誌の記者らも、花房勝正の六代目就任を確信し、うたがわなかった。

権力がカネで買われた。数と力で均衡を保っていた巨大組織の方程式がくずれた。

皆がそう感じたはずである。

それでもなお、石井は、そんなことが罷り通ってなるものかと思っているのだ。

その信念に水を差したような気分になった。

「矢部とどんな話をしたんや」

《あいつは、己の将来を門野に託すとまでぬかした》

「門野とつるんで、六代目の側につく気か」

《中立やそうな。形勢の有利なほうになびくんやろ》

「友田の伯父貴は承知か」

《それは俺も訊いたんやが、やつはせせら笑い、俺のやることには反対せんと、胸を張りやがった。あげく、この俺に門野と仲ようせいと……血管が切れかかったわ》

「よう辛抱してくれた」

《昔の誼《よしみ》もこれで終りや。つぎにあほなことほざいたら、どつき倒す》

「また、毒を盛られるぞ」

苦笑がもれ聞こえた。

《先日の高熱のことか。医者の診断は性質《たち》の悪いウイルス。俺はそれで納得してる》

おまえはやさしすぎるわ。

そのひと言は胸に沈めた。

「眼の前に権力がちらつきだすと、欲目や邪心が湧き水のように噴き出てきて、周囲が見えんようになるものらしい。おやっさんがそう言うてた」

《あの先代でもそうやったんか》

「それをなんとか押さえ込めたんは、若衆に恵まれたからやと」

《逆やろ。ええ親分の下でしか乾分は育たん》

「わいもそう思うてたが、いまはおやっさんの言葉がわかるような気がする」

《兄貴はそれでええ。一成会のてっぺんだけを見つめとってくれ》

「そうさせてもらうわ」

《兄貴……》

「なんや」
《頻繁に東京へ行ってるようやが、面倒でもかかえてるんか》
「ちょっとな。内緒の話やが、こっちの根っこも門野や」
《なんやて。そら、あかん。和田は知ってるんかい》
「内緒や言うてるやろ」
《ほな、俺が行く》
「こんでええ。じきに片づく。門野は表にはでん。心配するな」
《けど……》
「姐も一緒なんや。大騒ぎして心配はかけられん」
《姐さんが、なんで》
「そのことも、帰ってから話したる。それまで待っとれ」
白岩は、電話をきり、おおきく息をついた。
花房の姐の話は、まんざら嘘というわけではない。
懐に命を抱き、翼をひろげたような形の建物が聳《そび》えている。
中央区築地の、国立がん研究センター中央病院である。

花房の姐は、ホテルの客室の窓から、その希望の城を見つめている。

白岩は、先日の、病院の裏庭の光景を思いだした。

姐の心中を推し量ろうとして、やめた。

知ったところで、自分にはどうすることもできないのだ。

「わては……」

低く穏やかな声が届いた。

姐がふり返り、ソファに腰をおろした。

花紺の紗の着物が清々しく見える。

「花房を説得しようと思う」

「病院で話をされたのですか」

「医師に説明を受けた。けど、それで決心したわけやない」

姐が天井を見つめ、しばしの沈黙がおきた。

「病室で、大勢の患者さんを見た。皆さん、闘ってはる。泣きべそをかいてる人はひとりもおらんかった。頭の毛がぬけ落ち、痩せ細り、苦しそうな表情をしてる人もおったけど、患者の皆さんの眼はきらきら輝いてたわ」

「……」

「わては、あそこで、花房に人生最後の勝負をさせたい」

「勝負、ですか」

「そうや。命を賭けての勝負とはどういうもんか。きょうは、つくづくおしえられた」

「死と、正面から向き合うてはる」

「そう言うはたやすい。死と向き合う覚悟て、人は気安く言うが、ほんまに大事なんは、死と対決してあがく覚悟や。わては、生きるための覚悟を、花房に見せてやりたい」

「わかりました。わいも説得します」

「おまえはなにも言うな。しばりつけてでも、わてが東京へ連れてくる」

白岩は黙るしかなかった。

姐が傍らのバッグに手を入れた。

「この通帳、預かってくれ」

白岩は、手渡された通帳に視線を落した。

花房勝正の名義になっている。差引残高の末尾に★17，453，604とある。

「花房の全財産や。あと、義理で買った株券がすこし。おまえも知ってのとおり、自宅は借家で、調度品は二束三文にしかならん」

「本部事務所の不動産がおます」

「あれは花房のもんやない。花房組の皆の財産や。登記簿も花房組になってる」

「名義上のことです。おやっさんが売ろうがどうしようが、花房組の身内に文句をたれる者はひとりもおりません」

「そんな話はいらん。そのおカネで、この近くに部屋を借りてくれ。花房と二人で暮らせるひろさでかまへん。病院の精算なども頼む」

「なにを言うてますの。花房組で面倒をみさせてもらいます」

「あかん。花房は隠居の身や。おまえらの世話にはなれん。恩を受けたかて返せん」

「親子の仲で恩やなんて……」

「まあ、聴け。これは、花房とわての、遺言と思うてくれ」

「そんな……」

「この勝負、長丁場になる」

白岩は空唾をのんだ。ふたたびの勝負という声に背筋がふるえた。

「検査が終われば、治療の方法やスケジュールが決まるやろ。医者の話によれば、患者によって治療方法の合う合わんがあるそうな。最も適切で効果的な治療方法が見つかれば通院治療に移ってもらうとも言うてた。で、面倒かけるが、おまえにはひと月ほどをめどに適当なマンションをさがしてほしいねん」

「わかりました。けど、帰ったら、皆にどつかれそうですわ」

「それくらい我慢せえ」

「姐さんのおっしゃるとおりにしますが、不便になったときは遠慮のう言うてください。息子として、わいが面倒みさせてもらいます」

「おおきに。けど、心配するな。わては、へそくりを持ってるねん。花房が先に逝ったら、ひとりで豪勢な海外旅行しよう思うてな。ばちあたりかのう」

「いえ」

「わてはな、ええ女房やと、自分で褒めてるねん。おなごとしても誇りを持ってる。花房が持たせてくれた。花房のそばで生きられて、ほんま、しあわせや」

「のろけてますのか」

「そうよ。ただ、ひとつだけ悔いがある」

「なんですの」

「あほ息子に、嫁をもらうよう、きつう言えばよかった」

「……………」

「わての孫の顔、見たかったで」

「根性なしで、すんまへん」

「ほんまに。なにがこわいのや。人生、九割方捨てて、極道になったんやろが」

「その九割分を拾うてようやく一人前になる子のことを思うと……」

「まじめに考えすぎや。子は子やないか。早死にするで」

「姐さんも、おやっさんも長生きして、わいをもっと叱ってください」

「頼りない二代目や。わては、花房と地獄の閻魔さんが相撲とるの、見たいねんで」

姐が頬をゆるめた。

姐の笑顔を見るのはひさしぶりである。


白岩は、パネルの数字を押し、その上のちいさな穴を見つめた。

《はい。どなたですか》

たしかな日本語だった。しかし、声音に警戒の気配が混じっていた。

「白岩という者やが、あんた、メイファか」

《そう》

か細い声だった。

「そこにアンジェリカというおなごがおるんなら、わいの顔を見せてくれ」

十秒ほどのあいだに複数の女の声がした。何語かはわからない。

《ご用件は》

「話がある。部屋に入れてくれんか」

また意味不明の会話が聞こえた。

「すこし待ってください」

ほどなく、エレベータから女がひとり出てきた。きのう、木村と見た女だ。

玄関の扉があき、メイファが招き入れる。

「ひとりですか」

「そうや。おまえが匿ってる二人のおなごを助けにきた」

「どうやって助けるのですか」

「とりあえず、二人に会わせてくれ」

「わかりました。彼女……お姉さんのほうですが、あなたを命の恩人だって」

そう言いながらも、メイファの顔には不安の色がありありと見えた。

「部屋に行こう。ここにおると邪魔が入るかもしれん」

メイファの部屋のドアを開けたとたん、正面に立っていた女が声を発し、胸前で手のひらを合わせた。アンジェリカだ。感謝の言葉を言ったのは笑顔と仕種でわかる。

リビングのソファに別の女がいた。妹のフレアだ。

「おねえさんを助けてくれて、ありがとう」

たどたどしい日本語で言ったけれど、顔は強張っている。メイファと同様に、白岩の面相に驚き、歌舞伎町の連中と同種の輩と思ったのかもしれない。

白岩は、姉妹と向き合った。

「心配いらん。わいは極道者やが、人をだましたり、おなごを泣かすようなまねはせん」

姉が妹の手を握り、なにかを言い、妹が短く応じた。白岩の言葉の意味を訊いたのか、あるいは、安心する言葉をかけたのか。それで、妹の表情がやわらいだ。

「これを聴けば、もっと安心する」

白岩は、小型のカセットレコーダーをテーブルに置き、ボタンを押した。

女の声が流れだした。歌舞伎町で攫い、母国へ逃がした女である。女はしっかりした日本語で、夢を抱いて日本へ来たあとから大久保のアパートに軟禁されるまでの経緯や、歌舞伎町のパラダイス倶楽部の実態を詳細に語っていた。フレアへのメッセージもあった。優信調査事務所の木村は、先の展開を読み、あらゆる事態を想定しているのだ。

メイファが背をまるくしてカセットレコーダーを見つめ、ときおり、顔をしかめた。

フレアは途中からボロボロと涙を流し、ふるえる肩を姉に抱かれた。

聴きおえると、白岩は三人を見つめた。

「わいの言うとおりにしてくれ」

「わかった」

メイファが応えた。

「でも、フレアはパスポートをとられてる。国には帰れない」

「心配ない。テープのおなごも国へ帰した。ここを脱出できれば、なんとでもなる」

「やっぱり見張られてるのね」

「気づいてたんか」

「三日前におまわりさんが訪ねてきた。フレアがひどく怯えたので、二人がいることは内緒にしたんだけど、おまわりさんは部屋のなかをのぞくような仕種をして……その日から、パトカーをよく見かけるようになったし、人相の悪い人たちがうろつきだした」

「脱出の準備はできとる」

白岩は、きっぱりと言い、これからやることを話して聴かせた。

部屋に入って一時間後の午後九時ちょうど、白岩は、アンジェリカを連れ出した。

駅のほうへ向かって五、六メートル歩いたところで、うしろから音もなくパトカーが近づいてきて、制服警官に呼び止められた。

白岩は、左右に視線をふった。

マンションの角地に二人、行く手の路地角にひとりの男が立っている。忠信会の連中か探偵事務所の者か。二箇所にいる連中はその場でこちらを見ている。

木村の報告によれば部屋を訪ねる前の監視者は二名。白岩の姿をみとめて一名しか増やさなかったのは気になる。ほかの場所にもひそんでいるのか。

だが、気にしても仕方がない。もう姉妹の救出計画は実行されているのだ。

二人の警察官が白岩の前に立ちふさがった。

「なんやねん」

「この地域を強化巡回中でしてね。ご面倒ですが、訊問させてください」

年配の警察官が丁寧な口調で応じた。

「わいらはこれから食事に行くねん」

「あなたは、関西の方ですか」

「そうや」

「身分証明書を見せてもらえませんか」

「顔が証明書や」

「そんな言い方があるか」

若い警察官が声を荒らげ、気色ばんだ。

それを、年配の警察官が手で制した。

「お連れの方は外国の方ですか」

「マレーシアの子で、遠距離恋愛しとる」

「それはうらやましいことで……パスポートを拝見させてください」

白岩は、両手の親指と人差し指で四角形をつくり、アンジェリカに眼でうながした。

彼女がさしだしたパスポートを奪うようにとった若い男がパトカーへ戻る。

年配の警察官が話を続けた。

「念のための照合ですので、問題がなければすぐに済みます」

白岩は、腕時計を見た。マンションをでて五分が経過している。左右にいる男どもに動きはない。あと五分。それまで警察官とむだ話だ。

「このへんに不良外国人の巣でもあるんか」

言いおえる前に、別のパトカーがやってきた。

あらわれたのは新宿署地域課の森田と生活安全課の平井であった。

白岩は先制攻撃を仕掛けた。

「やけに手まわしがええやないか」

　平井が鼻面を突き合わせる。

「こんなところで、なにをしてる」

「見てわからんのか。デートや。その途中を邪魔された」

　年配の制服警官が平井の耳元でささやいた。

「そのマンションに知り合いがいるのか」

「この子の友だちがおる。言うとくが、この子は日本語をしゃべれん」

「ほお。おまえはマレーシアの言葉を話せるのか」

「愛に言葉はいらんねん」

　若い警察官が戻ってきて、平井に報告した。

　平井の眼光が増した。

「この子を署に同行する」

「なんでや」

「この子の妹に売春の嫌疑がある」

「あほか」

　白岩は、左腕をうしろにまわすようにしてアンジェリカを背に隠した。

「抵抗すれば、公務執行妨害で逮捕するぞ」

「なんでパクられなあかんねん」

「逮捕じゃない。事情聴取だ。その前に、マンションの部屋へ案内してもらう」

「えぐいまね、さらすな」

「なにっ」

平井の声に別の男の声がかさなった。

「おいっ」

「こっちだ。逃げるぞ」

怒鳴り声がし、マンションの路地角にいた男らが駆けだした。

マンションには内階段がある。その一階出口の先は裏庭になっていて、その庭の塀に縄梯子を掛ける手筈になっていた。地下の駐車場に逃走用の車を待機させることも考えたが、白岩が姿を見せれば当然のこと、正面玄関と駐車場は危険区域になる。

「きさまっ」

平井が腕を伸ばした。

白岩は、さっとその腕を払い、声をぶつけた。

「マンションに案内したる」

「逃がしたな」

「だれをや」

「この子の妹だ」

「知らんな。うたがうんなら、この子の友だちに確認せんかい」

白岩は、若い警察官の手からパスポートをひったくり、くるりと背をむけた。

あとを追う足音は聞こえない。

代わりに、電子音が聞こえた。

ふり返ると、携帯電話を手にする森田が、ちぇっ、と舌を打ち鳴らした。


走る前線基地は青山霊園脇の路肩に停まっている。

車内の木村の顔は上気していた。冷静沈着な男が見せる初めての表情であった。

白岩が正面に座るなり、木村が口をひらく。

「真っ向勝負のすごさを知りました」

「おおげさな」

「いえ、ほんとうに驚いています。あなたがひとりでマンションの正面玄関から入ったのを見て、悪党どもは面喰らったのだと思います。そのうえ、あなたが部屋のなかでたっぷり時間をかけたことで、連中は疑心暗鬼に陥り、先の展開を読めなくなった。あなたがあらわれたあと、パトカーが二輌になり、忠信会のやつらは四名増えたのですが、警戒したのは玄関の両サイドと、駐車場の入口でした」

「裏手はがら空きやったんか」

「いえ。新宿署のパトカーがうろちょろしていました。でも、戸塚署のパトカーから連絡があったのでしょう。すぐに移動して……おかげで楽々と縄梯子をかけられた」

「まるで見てたような話しぶりやな」

「もちろん、見てましたよ。部下と二人、夕方に宅配業者を装ってマンションへ入り、屋上にひそんでいたのです」

「その様子やと、わいの乾分らの近くにも部下を見張らせてたな」

「万が一のために、別の車を用意していました」

「ふん。で、おなごはどうした」

「安全な場所に匿いました。あとは前回と同様に、偽造パスポートをつくるだけです」

「会えるか」

「リスクを背負うことはおやめになったほうが……お節介ついでに言わせてもらえば、忠信会との衝突もさけられたほうがいいかと」

「ほんま、お節介や」

「どうしてもケリをつけられるのですか」

「訊くな。ここから先は酔狂やない」

「あなたが手をださなくても、むこうはかなりの打撃を受ける。殺人事件も含め、今回の一連の出来事の真相は、近いうちにあきらかになります」

「古巣の警視庁公安部を動かしたんか」

「動かすなんて、そんな力はありませんよ。ただ、資料を提供した。今回の仕事に守秘義務はないと勝手に判断させていただきました。自分が会った公安の幹部は喜んでいます。なにしろ、NPO法人の、野放し状態の悪行には頭を悩ませていましたからね。政府主導でNPOの活動を助成した手前があるので、迂闊には手をつけられないのです」

「新宿署の悪どもはどうなる」

「それも公安がやるでしょう。国際問題に発展しかねないし、世界の人権擁護団体の抗議もあるはずなので、公安部の外事課はしゃかりきになると思います」

「そうするように仕掛けたか」

「いまごろ、マスコミ各社は流れてきたファックスを見て、対応を協議しているでしょう。顔見知りの、やり手の記者たちにもささやいておきました」

「おまえを敵にまわさんでよかったわ」

「なにをおっしゃいます。どんなに悪知恵を絞ろうと、覚悟を持って正攻法に構える人には、太刀打ちできません」

「あほな男がやることや」

「このまま、おとなしく大阪へ帰ってもらえますね」

「さあな。おなごらを無事に帰国させろ。それで、おまえとの契約はおしまいや」

「わかりました」

木村があっさり応えた。

その潔さが、白岩にはひっかかった。

しかし、もうなにも言う気にはならなかった。


「終ったの。よかったね」

「あんまりうれしがらんのう」

「だって、白岩さんならやれると思ってたもん」

ほとんどの部分を省略してマレーシア人の姉妹を保護したことを話したあとの、長尾菊の反応は、拍子ぬけするようなもの言いであった。

白岩は、あほらしくなり、煙草を喫いつけた。

二度三度とふかしているうちに、そんなものだろうと思いなおした。

世間から見れば、ばかばかしいことをやったのだ。菊を喜ばせようと思ったわけではないし、まして、正義感などまるでなかった。

とっかかりは、路上で女のふくらはぎに見惚れたことである。からかい半分の菊の口調に乗せられた感じはたしかにあったけれど、しかし、担がれたわけではない。

あのとき、菊は見なれぬ光景に興奮し、気まぐれでめざめた正義感と、女を見失ったしくじりもあって、白岩を焚きつけた。焚きつけられた白岩の脳裡に木村の存在がうかんだ。親友の鶴谷が信頼して仕事をまかせる男を己の眼で見る機会が訪れたのだ。

それしきのことなのだが、とにかく、白岩は約束した。

約束そのものが酔狂みたいなものである。

菊がテーブルに両肘をついた。

早めの夕食を済ませ、いま、ホテルのバーラウンジにいる。

「もっと、聴いてあげる」

「仕事に遅れるぞ」

「同伴してもらうもん」

「わいは忙しい。まだ、やることがある」

「終ったんじゃなかったの」

「稼業の用や」

「大阪へ帰るの」

「あしたか、あさってな」

「つまんなくなりそう」

「なんで」

菊が顔を近づける。

「わたしね、惚れなおしたかも」

「息ぬき相手の男に惚れてどないするねん」

「だって、見渡すかぎり、軟弱な男ばかり」

「そのほうが平和でええ」

「そんな男のほうがあぶないよ。強い者には刃向かえないから、女性や子どもや、無防備なゆきずりの人を襲ったりするんでしょ」

そいつらは人間やない。畜生にも劣る生き物や。

そのひと言は咽元に留めた。

花房の姐が大阪へ帰った。

白岩は、東京駅まで見送り、古川の運転する車に乗るなり眼をつむった。

花房の姐の覚悟が胸に突き刺さっている。それはそのまま花房の覚悟に思える。

――この勝負、長丁場になる――

姐の声には鬼気迫るものを感じた。生への執着なぞではないのだ。姐は、花房と心をひとつにして、病魔と闘う覚悟をした。それなのに、姐は飄然としていた。

新幹線に乗る前に、姐は、新天地へ行けばあたらしい人生が始まる、とも言った。

そう言ったときの姐の顔はさわやかにも見えた。

「どちらへ」

助手席の佐野の声に、眼をひらいた。

「新宿の大久保や」

「タコ部屋に突入して、女らを逃がしますのやな」

「極道者がやることか」

「ほな……まさか、忠信会に殴り込むおつもりですか」

「あかんのか」

「そ、そうやおまへんけど、道具が……事務所に寄らせてください」

「拳銃《チャカ》がなけりゃ喧嘩をようせんのか」

「親分を護るためです」

「このまま新宿にむかえ」

白岩は、また眼をとじた。

でたとこ勝負になるだろうが、頭のなかに一応の絵図はある。

佐野も、運転席の古川も押し黙った。

忠信会の本部事務所は、大久保通沿いの古いマンションにあった。

白岩は、佐野だけを連れて、マンションに入った。

エントランスには三人の若造が待ち構えていた。

午後一時に訪ねる、と前日に伝えてある。

五人でエレベータに乗り、五階へあがった。

通路の奥にも二人の男が立っていた。こちらは若造らとちがい、やくざの経験を感じさせているが、緊張の色は隠しようがなかった。

「申し訳ありませんが、検《あらた》めさせてください」

佐野の体が反応する。

白岩は、それを眼で制した。

「キンタマは触るなよ」

三人の若造が恐る恐るの手つきで白岩と佐野の体に触れた。

「ようっ、ひさしぶりだな」

応接室に案内されるや、あかるい声がした。

二人の男がならんで座っている。

声を発したのは、手前の初老の男だった。関東誠和会の顧問の岡本明《おかもとあきら》で、花房が現役のころは幾度も顔を合わせていた。

「花房さんはお元気か」

「おかげさまで。岡本さんもお元気そうで、なによりですわ」

白岩は、そつなく応じ、木下の正面に腰をおろした。

佐野が背後に立つ。

木下と岡本のうしろには三名の男がならび立った。いずれもダブルのスーツを着ている。拳銃か短刀を呑んでいる証だ。

白岩は、岡本に視線をすえた。

「きょうは、見物ですか」

「そう突っかかるな。事前に連絡しなかったのは謝るが、うちの会長に頼まれてな。花房組の先代とは兄弟の仲だった俺が立ち会えば穏便な話し合いができるだろうと」

「つまり、これまでの経緯を知っておられる」

「あらかたは木下に聴いた」

「きょうの話、縁談とは関係おまへん。それでも、木下の後見人になりますんか」

「おい」

岡本が小太りの体をゆすった。

「ちと、態度がでかくないか」

「これでも、おやっさんの兄弟分やさかい、気をつこうてます」

「兄弟の盃は、先代が引退したとき水に流れたわ」

「兄弟の絆も切れましたんか」

「赤の他人とは言わんが、俺らの世界の血縁は義理……つまりは、見せかけにすぎん」

「ほな、遠慮することはおまへんな。消えてくれ」

「なにっ」

「あんたがでしゃばるんは筋ちがいや。縁談話はうちの執行部会に諮られてるわけやない。わいは、一成会を背負うてここへ来たわけでもない。わいと木下の個人的な話や」

「おまえの能書きなど知るか。俺は、誠和会会長の名代で来てる」

「ここでのやりとりを知れば、会長さんが恥をかく。それでもええんか」

「きさまっ」

岡本の顔が赤らんだ。背後の男が懐に手を入れる。

白岩は、男に眼光を飛ばした。頬の傷が裂けそうなほど気合をこめた。

「こら、おんどれ。拳銃《チャカ》を見せるなよ。見せれば、わいは花房組の組長になる」

岡本がふり返り、男の動きを封じた。

白岩は語調を変えた。

「岡本さん、ここはひきとってくれんか」

「しかし……」

「会長さんには、あとで挨拶するさかい」

「忠信会ともめんと約束できるか」

「忠信会は関係おまへん。わいの相手は木下や」

「木下は忠信会の大黒柱だ。跡目にも内定してる」

「それほどの男が、誠和会に泣きついたんか」

「ふざけるな」

木下が怒声をあげた。

「俺は頼まん。一成会のほうから連絡があったそうだ」

「ほう」

白岩は、木下を一瞥し、ふたたび、岡本を見すえた。

「誰ですの。事務局長の門野さんか」

「ちがう」

「わいが東京にいるのを……そうか、あんた、友田さんとはまわり兄弟やな」

「そ、それがどうした」

「わいは、いぬわ。花房組の組長として出なおしてくる」

「ま、待て。わかった。俺は帰る」

岡本があわてふためき立ちあがる。

「けど、うちの会長には詫びを入れろよ」

「詫びやない。挨拶や」

「けっ」

乱暴に扉がしまり、岡本と連れの乾分が消えた。

「さて」

白岩は、一枚の紙をテーブルに置いた。

「請求書や」

「えっ」

木下が意表を衝かれたような顔を下にむけた。

「なんの請求だ。金額も入ってないが……」

「自分で書き込め。旅費に宿泊費、諸々の経費や。わいの手間賃は要らんさかい、おなごらの慰謝料も考慮せえ」

「ふざけてるのか」

「冗談で、こんなむさくるしい部屋にくるか」

「なんだと。我慢にもほどがあるぞ」

「我慢せんでええ。差しの喧嘩ならいつでも相手したる」

「てめえ」

木下の腰がうき、前のめりになった。

それより先に、背後の男どもが拳銃をぬいた。顔は痙攣している。

白岩はソファの背にもたれた。

「一発で仕留めえ。わいは痛いのが苦手やねん」

佐野がうしろからのしかかるようにして、白岩の心臓を隠す。

「ひっこんどれ」

白岩は、佐野の肩を押し返した。

「ええか、木下。銃口をわいに向けたところが戦争開始のゴングや。花房組は、一成会を脱会してでも忠信会を蜂の巣にしたる」

「ひけ。拳銃を収めろ」

木下がうなるように命じた。

「どないするねん。請求書に金額を入れるか。わいと、どつき合うか」

「帰ってくれ。これ以上、乾分の前でイモはひけん」

「わかった。けど、どっちにするか、よう考えて連絡くれ。なしのつぶては、なしや」

白岩は、ゆっくりと立ちあがった。

佐野が扉を開けた。

「どうして……」

木下のつぶやきに、白岩は、ふり返らずに応えた。

「わいも、イモはひけんのや」

第四章　堪忍

「女将《おかみ》はおるか」

白岩光義は、大声をあげ、花屋の店内に飛び込んだ。

三人の女が一斉に顔をむける。手足の動きは止まり、床にしゃがみこんだまま、脚立《きやたつ》に乗ったまま、首だけをひねる格好になった。

「あら」

ウインドーのなかの入江好子が声を発した。たちまち、好子の顔がとろける。

若い店員の二人も笑顔を見せた。まんざら知らぬ仲ではない。飲み歩けば気まぐれに立ち寄り、彼女らに軽口を飛ばし、一輪の花を買うこともある。それでも彼女らが驚いているのは、白岩のあわてぶりのせいか、昼前にあらわれたからなのか。

時刻はまもなく十一時になるけれど、店内は雑然としていた。足の踏み場もないほど、さまざまな形の段ボールが床一面に置かれている。北新地の飲食店が顧客の大半を占める花屋の開店はどこも遅いのだ。

「すまんの。仕事の邪魔して」

白岩の声に、ようやく女たちが挨拶の声をだした。

「いらっしゃい」

好子も店主の顔と声に戻した。

「水を一杯くれんか」

「はい。どうぞ、なかへ」

好子がウインドーから出てきて、奥へむかう。

事務所も散らかっていた。デスクには帳簿や用紙がひろがり、二面の壁を覆うスチール製のパイプには洋ランの鉢がびっしりとならべてある。

白岩は、デスクの椅子に腰かけた。初めて入った好子の城だが、室内を眺めまわす余裕などない。話すことも、やることもたくさんある。タクシーのなかでも整理がつかなかった。

好子が冷蔵庫のペットボトルを手にし、紙コップにミネラルウォーターを注ぐ。

「どうしたのよ」

「おやっさんが東京へ行く」

「そう」

好子が瞳を輝かせた。

「そうか。おまえも喜んでくれるんか」

「長生きしてほしいもん」

「それよ。長生きしてもろうて、わいの葬式を仕切ってもらわな」

「あほやね。親不孝のきわみやない」

白岩は、水をがぶ飲みした。

三十分前、姐の電話で起きた。東京から帰った昨夜は、本家若衆の石井忠也と金古克を呼びだし、北新地で二軒三軒と梯子をかさね、深酒をしてしまった。

しかし、姐の声で体内に残るアルコールはいっぺんに蒸発した。跳ね起き、そそくさと着替えを済ませると、顔も洗わず、コーヒーも飲まず、部屋を飛びだしたのだった。

「あなたが説得したの」

「姐さんや。おととい、東京の病院を見学して……」

白岩は、通帳の件をはぶき、姐とのやりとりを聴かせた。

「生きるための覚悟……たいしたおかあさんやね」

「姐さんが、花房に人生最後の勝負をさせたいて言うたとき、背筋がふるえた。わいは、まだまだお二人に教わることがぎょうさんある」

「それで、いつ行かはるの」

「四日後に発たれる」

「そんな急に……」

「決めたら早いほうがええ。わいは賛成や」

「うちも反対やないけど、おなごはいろいろやることがあるさかい忙しゅうなるわ」

「姐さんの支度を手伝うてくれるんか」

「なに言うてるの。おなごて、うちのことや」

「一緒に行く気か」

「前に言ったはずよ。あのときはもう、決めてたの」

白岩は、大げさに首をすくめた。

「けど、姐さんが受け容れるやろか」

「ことわられても、勝手について行く」

「よっしゃ。パソコン、借りるで」

マウスを手に、勢い込んでパソコンと向き合ったのだが、思うように操作できない。

白岩はパソコンも携帯電話もうまく使いこなせない。

そばで見ている好子がクスクス笑う。

「代わろうか」

「いらん。黙っとれ」

「そう言わんと……ポータルサイトはどこがなれてるの」

「ポータルサイトて、なんや」

「インターネットの玄関よ。それはグーグルで、ほかにヤフーとか……」

「それや。ヤフーにしてくれ」

好子が顔を寄せ、マウスをクリックする。

見なれた画面があらわれると、白岩はマウスを奪い返した。

思いつくまま検索しては、メモ用紙にボールペンを走らせる。あきれるほど気の急《せ》いているのがわかった。幾度もおなじことをくり返した。

好子は、小学校の先生のような表情で、白岩のやることを見ていた。

固定電話の受話器を手にすると、すかさず、好子が言う。

「ネットで予約できるのに」

「うるさい。機械は信用できん」

「ふたつね」

「わかっとるわい」

スイートルームの二部屋を確保できた。

「うちはシングルでよかったのに」

「そうはいかん。たまには姐と一緒にいてやらんと」

「うちがおかあさんの部屋に行けば済むやない」

「ひとつはおやっさん夫婦の部屋や」

「おとうさん、外泊できるの」

「まずは検査をして、しばらくは集中的に治療するそうやが、適切な治療方法を見つけたあとは、週一か、二週間に一回の治療になるらしい。くわしくは訊かんかったけど、放射線も抗ガン剤の治療もそうとう体にこたえるようや」

好子が眉をひそめた。

「ホテル住まいは治療方法が決まるまでや」

「その先は」

「部屋をさがすよう頼まれた。腰をすえての勝負や」

語気が強くなったのは姐の言葉のせいだ。

——この勝負、長丁場になる——

好子の顔がぐっと引き締まった。

「うちも、一緒に住む」

「姐さんを拝み倒せ」

好子を連れて外へでた。

あと四日。好子と会う機会はそう多くないと思う。それまでにやることはいくらでもある。花房が安心して東京へ行けるよう、治療に専念できるよう、万全を期したい。

蕎麦屋に入った。店員が昼の準備に追われていた。

注文を済ませ、好子が顔をむける。

「しばらく会えんようになるね」

「まめに様子を見に行くわ」

好子がためらいの表情をうかべ、ややあって口をひらいた。

「ねえ、ひとつ、訊いてもかまへん」

「なにを」

「極道になったの、やっぱり、わたしのせいよね」

「ちがう」

「じゃあ、どうして」

「北新地を歩くおやっさんの姿が格好よかった」

「そうだとしても、あのことがなければ……」

「くだらん。おきた事実がすべてや」

「……」

「夜の街を歩いてるさなか、おやっさんに言われた。皆、わしの顔を見れば笑顔で声をかけてくれる。けど、腹のなかはちがう。わしを極道者とさげすんでる。それでも、あの人らに災難がふりかかれば、体を張って護らなあかん。それが極道者の務めやとな」

「わたしを助けたとき、あなたは学生だった」

「大差ないわ。人としてやることはおんなじや」

「ほかの人は関係ない。助けてくれたのは、あなた。それが、わたしにとってのすべてよ」

「ええかげんで忘れんかい。あのことで、わいとおまえの人生は変わった。けど、たしかなことやない。あれがなくとも、おんなじ人生を歩いてるかもしれん」

好子がわずかに首をかしげた。だが、否定するふうには見えなかった。

「おとうさんに口説かれて、極道者になったの」

「一度も誘われんかった。おやっさんが極道の話をしたんは、その一回きりや。わいは、おやっさんからいろんな話を聴くうちに、心の疵が癒されて、前向きに考えだした。職業や稼業は関係ない。どれだけ納得して生きていくかを思うようになったんや」

「それまではなんになりたかったの」

「白のワイシャツにネクタイを締めたかった」

好子がぷっとふきだした。

「堪忍や。想像したらおかしゅうて」

「かまへん」

「あなたも貧乏な家庭に育ったんやね」

「親のせいにはせん」

「うちかて……楽をさせてやれんまま病気で死なせて申し訳ないと思うてる」

「そのぶん、おやっさんと姐さんに孝行してくれ」

「わかってる。もういっぺんだけ訊くけど、うちを助けて後悔せんかった」

「したわい。つくづくあほな男やと思うた。あのあと、朝起きて顔を見るたびに、鏡がブラックミラーになるねん。後悔せんほうがおかしいわ」

「男前だったものね」

「えっ」

「うちは、いまでもはっきり覚えてる。あなたを思うと、傷のない顔がうかぶんよ。眼がキラキラして……きれいな顔してたわ」

「なんやねん。いまはきたないんか」

白岩は、照れ隠しに声を荒らげた。

「よかった」

「はあ」

「あなたの話、湿っぽくないもん。うち、ほんまに助けてもろうた。ありがとうね」

「あほか」

好子の瞳にやさしさが宿った。

「ねえ」

「なんや」

「極道者やさかい、なにがあっても驚かへんけど……死なんといてね」

「なんでそんなこと言うねん」

「この二、三日、いやな夢、見てるの」

「どんな」

「言わへん。けど、これだけは覚えてて……あなたの傷には、わたしの人生が埋まってる」

「そんなことあるかい」

好子が首を左右にふった。駄々っ子を諭すような仕種だった。

「だから、うちは強い気持ちで生きられる。あなたが死なんかぎりは……」

「心配するな。わいは、地獄の閻魔さんに嫌われとる」

「どうしてよ」

「閻魔は二人もいらん」

「それもそうね」

好子が屈託なく笑った。


午後四時、本部事務所の二十畳の和室に十四名の男どもが集まった。

花房組の幹部若衆の面々である。先頭に若頭の和田信が座し、うしろに三名の若頭補佐、三列目と四列目には五名ずつが並んだ。五時間前に連絡した緊急召集であったが、北陸や中四国に本拠を構える者まで、全員が顔をそろえた。

皆、黒いスーツに身を包み、顔一面に緊張の色を刷《は》いている。

白岩は、床の間を背に胡坐をかき、一人ひとりの顔をとくと見つめた。

——事がおこるたびにうろたえるのは日頃の気構えができてないからや。朝起きたら、まずその日の覚悟をせえ。それが男というもんや——

花房の言葉を思いだし、表情がほころびそうになった。

花房組は血気盛んな男どもの集団である。

白岩は、群れて遊ぶのも、乾分を連れて歩くのも好まない。それらは花房の背を見て学んだのだが、そのせいで幹部といえども、若衆らと接触する機会はそう多くなかった。地方都市でしのぎをしている者と会うのは毎月の定例会くらいのものである。

それでも、身近な存在に感じる。

白岩は、安堵の念を胸に隠し、太い声を発した。

「近々、先代が治療のために東京へ移られる。それをふまえて、皆に相談がある」

室内はしんと静まり返ったままだ。

「治療は二、三か月、半年、いや、一年以上に及ぶかもしれん。皆への相談だが、花房組の金庫のカネを使わせてもらいたい」

「おすっ」

二列目から力強い声があがった。四国の高松で一家を構える若頭補佐である。

「そんなことをいちいち相談せんでください。親分と先代のお役に立てるのなら、金庫のなかが空になったかて構いません」

ほかの全員が一斉にうなずく。

白岩は眼を細めた。

金庫が空になることなどありえないのだ。花房夫妻が東京に十年滞在し、どんなに高額の治療を受けようと、贅沢な日々をすごそうと、金庫は軽くならない。

そんなことは百も承知の上で、意志を伝える皆の心意気がうれしかった。

和田が背筋を伸ばした。

「金庫のカネとは別に、先代のご無事を願い、全員が身を粉《こ》にしてカネを集めます」

白岩は、もう言うことがなくなった。皆を呼んだことが恥ずかしくも思えてきた。

「それよりも……」

別の若頭補佐が声をだした。

「先代の治療が長引くのなら、東京支部を充実させたほうがええのとちがいますか」

「兵隊を増やせと言うんか」

「しのぎをかけるためやおまへん。先代の身を案じてのことです」

「気持ちはうれしいが、このままのほうがええやろ。おやっさんは現役を引退され、いまは隠居の身や。わいらがうろついてたら、窮屈な思いをさせるやもしれん」

「それでは子としての務めが……」

「そばにおるんが親孝行やない。大事なんは親を思う心や」

「おすっ」

「ほかに、なにか言いたい者はおるか」

最後列から手があがった。富山の若衆だった。

「先代の東京でのご様子、定期的に連絡をもらえませんか」

「そうするつもりやが、なんで訊く」

「ひとつは、皆に遅れをとりたくない。もうひとつ、先代が病気と闘ってはるのをいつも胸に刻んで、己の稼業の励みにしたいんです」

白岩は、思わずにっと笑った。

「おまえも親離れできんのか」

「親分も……」

「いつも姐さんに叱られとる」

張り詰めていた部屋の空気がゆれた。


私室に戻り、身支度を調えていると、和田が入ってきた。

「皆はどうしてる」

「でかけました」

「おまえは、わいになんぞ用があるんか」

「おます」

和田がソファに座り、いつにも増しての仏頂面で言葉をたした。

「自分は頼りにならんのですか」

「藪から棒に、なんやねん」

「伯父貴らとは膝を詰めて話をされてるのに、自分にはなにも……」

伯父貴らが石井と金古をさしているのはわかる。石井や金古と話をするときに和田が息を殺し、隣室に控えているのも気づいていた。

「不服か」

「自分にも命じてほしいと思うてます」

「おまえは花房組の大黒柱や。一成会本家のいざこざで動かすわけにはいかん」

「自分は親分の手足になりたいんです」

「ならんでええ。花房組のことだけを考えとれ」

「けど、伯父貴らばかりと相談されてたら、なんや、さみしゅうなります」

「おまえを粗末にしてるんやない。元は、おやっさんの下では、わいも石井も金古も、おまえとは兄弟分の仲や。ほかの幹部若衆もおんなじやが、わいは、おやっさんがそうしてたようにおまえを信頼しとるし、安心して組をまかせてる。石井や金古に花房組のあれこれを相談したことは一度もないぞ。わかってるやろ」

話しているあいだ、和田は唇を嚙んでいた。

「おまえの気持ちはわかる。が、こらえるところはこらえんかい。花房組として動かなあかん状況になれば、いの一番におまえに言う」

「わかりました」

「ほかに言いたいことはないか」

「もうひとつ……これまで何度もお願いしてますが、親分の自宅の住所を」

「ほんまは知ってるんやろ」

和田が顎をひいた。たちまち困った顔になる。

「見張りを立てたいんか」

「親分は、有事になれば教えると言われました」

「おまえは、いまが有事と思うてるんか」

「はい。頼りない勘ですが……妙に胸騒ぎがしますねん」

唐突に、好子の声がよみがえった。

――この二、三日、いやな夢、見てるの――

――うちは強い気持ちで生きられる。あなたが死なんかぎりは……――

白岩は、好子に見られているような気がして、視線をそらした。

その先の壁に等身大の立ち鏡がある。花房が気に入っていた一品で、でかけるさいにはいつもその鏡に映る己の姿をしげしげと見つめていた。

だから、鏡や写真を嫌う白岩もその鏡はそのままにしてあるのだった。

鏡に赤い薔薇が映えている。牡丹の花と見紛うほどのおおきい薔薇の花は、カスミソウの白い花たちに包まれ、誇らしげに見える。

白岩の席を知る好子が、そこから見える位置に花を活けているのだ。

花屋の開店以降、好子は週に二回、本部事務所に花を活けにきている。白岩の私室に飾る花は白か赤で、ソファ脇のサイドテーブルには年中、百合の花がある。

白岩は視線を戻した。

「宴会のあと、浴びるほど酒を飲むことになるやろ。わいが酔いつぶれたら家まで送れ」

「よろこんで」

「部屋には入るなよ。わいはおなご一本や」

和田は笑わない。それどころか、さらに顔つきが固まった。

「どつかれるのを覚悟でお訊ねします。万が一、親分が病気で倒れられたとき、どなたか連絡するお方はおられますか」

白岩は、かるく眼をつむった。

遺言状は白岩組を興したときに初めて認《したた》め、以来、毎年のように書き改めている。二年前に花房組を継いださいは、全文を改めた。系列組織の末端まで含めて二千人をこえる大所帯である。総勢二万人を擁する一成会のなかでも二番目におおきい組織だ。遺言状どおりに四方八方まるく収まるとは思えないが、花房勝正と己の意志は伝えておきたかった。

組織のこと以外はなにも書かなかったことに気づき、つい、苦笑がもれた。

「東京におられる鶴谷さんには当然……」

「あいつはええ」

白岩は、和田の声をさえぎった。

「稼業のさなかやったら邪魔になる。死んだ者より、生きてる者や」

「自分は親分が死んだ場合の話をしてるわけやおまへん」

和田がむきになった。

「それでも、鶴谷には言うな」

「蕎麦屋の女将さんには報せてかまいませんか」

「ああ。あと、花屋にもな」

和田が視線をずらした。

きょうの百合は見事だ。すうっと伸びた花びらは、先端でぱっとひらいている。

前回に訪ねたときとは風景も雰囲気も異なる。

あけ放たれた縁側のむこう、曇天の下の庭はもやって見える。つくつくほうしの鳴き声は弱々しく感じられた。

きょうの友田健三は糊の効いたワイシャツ姿で、なにより、笑顔が消えている。

白岩は、上着のボタンをはずし、腰をすえた。

「何度も電話をもらったようで、急用でもおましたんか」

「もう済んだわ」

友田が苦々しそうに言い放った。

「なんぞ、面倒でも」

「とぼけるな。東京でもめてるそうやないか」

「伯父貴は、それを心配して、関東誠和会の岡本さんに相談した」

「おまえに直接言おうとしたのやが連絡がとれんさかい、むりをお願いした」

「どこから東京の件を」

「矢部に聴いた」

「で、わいの動きを封じるよう、矢部に頼まれたんですか」

「どうでもええやろ」

「そうはいかんのや」

「なにっ」

「止める理由はひとつしかない。矢部は、一成会と忠信会の縁談話を知ってた」

「それがどうした」

「執行部会の議題にもあがってなかったことを……それどころか、門野さんのほかは幹部のだれも知らんかったことを、なんで矢部が知ってる」

「そんなこと、わしが知るか」

「本家の幹部の前でおんなじ台詞を吐いてみい」

「きさま、先だってからの咬みつくようなもの言い、含むところがあるんか」

「伯父貴っ」

白岩は、どすを利かせ、体ごと迫った。

友田の痩軀が反り返る。

「矢部との縁を切ってくれ」

「な、な、なんやて」

「うちのおやっさんと矢部の、どっちと血が濃いかとは訊かん。病気と勝負してはるおやっさんのために、矢部との親子の縁を切ってくれ。このとおりや」

　白岩は、深々と頭をさげた。

「理由を聴かせえ」

「言うまでもないやろ」

「矢部が門野にくっついたのが気に入らんのか」

「あんたは、それを承知で、わいや石井や金古にたいそうなことをほざいたんか」

「うっ」

「いつから矢部の乾分になりさがったんや。それとも、門野にささやかれたか」

「なにをぬかす」

「誠和会の岡本は、おやっさんの兄弟盃……見せかけの縁やとぬかした。おやっさんが現役を引退したさかい、水に流れたとも……伯父貴も、おんなじ気持ちか」

「そんなわけないやろ」

「ほな、なんで門野と手を組んだ」

「手など組まん」

「人の心はコロコロ変わる。万が一を想定して準備をしとかな、泣きを見るはめになる。あれは己に言い聞かせたんか。それとも、わいらの寝首を掻く気やったんか」

「あれは本心や。たしかに門野とはときどき電話で話をしてる。けど、それは門野を味方につけるための手段や。花房の兄弟を裏切ったわけやない」

「その言葉を信じてもええが、それなら、なおのこと、あんたは哀れや」

「なんだと。それが伯父貴に対する言葉か」

「口の軽い男は始末に悪いわ。矢部の場合は、そのうえに、のぼせあがっとる。あいつ、石井の説得に、己の将来を門野に託すと……おまけに、伯父貴が承知かとの問いには、俺のやることに反対せんと、胸を張ったそうな」

友田が顔をゆがめた。とがった頬骨がいまにも薄い皮膚を突き破りそうだ。

「あんなカスをかわゆい乾分とかぬかしてたら、笑い者になる。そのあんたを実の弟のように思うてるおやっさんの男もさがる」

白岩は、一気に胸のうちを吐きだした。

「いまさら、どうにもならん」

友田がしぼりだすようにつぶやいた。

「舎弟頭の座でも約束されたか」

「そんなもん……」

「わいは、おやっさんの悲しむ顔を見とうない。あんたが矢部をかばい、門野につくと言うのなら、それもええ。あんたら親子の選ぶ道や。が、今後いっさい、花房組に近づくな。わいらの仲間にちょっかいだしても、わいは許さん」

「このわしを敵にまわすつもりか」

「あんたと矢部が裏切った。矢部など歯牙にもかけんが、あんたはあかん。おやっさんの気持ちを踏みにじった」

「ち、ちがう。花房の兄弟を裏切るなんて……」

「じゃかましい。ご託も言訳も聴きとうない。矢部と縁を切るか、切らんのか。どっちや」

「無茶を言わんでくれ」

「話はこれまでやな」

「どうする気だ。矢部と事を構えるのか」

「カスを相手にするひまはない。門野の野望をつぶす。それでおしまいや」

「矢部には手をださんのやな」

「あんたと二人して、引退宣言すれば、仲間の怒りは収まるわ」

友田がガクッとうなだれた。

北新地の端にある花屋をのぞいてから本部事務所へむかった。

白岩の顔を見た好子は、顔をうっすら朱に染め、姐の了解をもらったと告げた。まるで東京へ殴り込みをかけるかのような心意気と高揚感が伝わってきた。

好子がそばにいれば、花房の気はまぎれるだろうし、姐の負荷もすこしは減るだろう。

白岩の眼には、生き甲斐を見つけたような顔の好子が頼もしい兄弟分に見えた。

本部事務所の私室に入ってほどなく、石井と金古がやってきた。

二人とも、好子とおなじように顔を紅潮させている。

白岩は笑顔で迎えた。

「あんじょういったんか」

「時間かかったけどな。ほれ」

ソファに座るなり、金古が上着の内ポケットから封書をとりだした。

委任状が入っていた。白紙委任状で、末尾に、吉本崇の署名と捺印がある。

白岩が見ているあいだに、金古が言い添える。

「吉本さん、腰をぬかしそうなほど、びっくりしてたわ」

おととい、東京から戻るとすぐに石井と金古を呼びだし、夕食の席で、岡山へ行くように頼んだ。託した封書には、吉本が金融商品の売買で大損した背景について、複数人の証言を交えて記し、可能なかぎり集めた証拠書類を添付していた。

白岩は、経済バブルの後始末をしのぎとして伸した極道者である。

開発途中で放置されたゴルフ場や娯楽施設、地上げ屋どもや詐欺師連中に翻弄され、競売すらできなくなった無人のビル、都会の真ん中に草が茂る土地などをめぐってのトラブルは、債権を持つ金融機関や、倒産した土地開発会社や不動産業者への取立屋、さらには司法当局などの思惑がからんで、複雑きわまりない構図を描いていた。

時代は、昭和から平成へ。世のなかが虚脱のため息に包まれるなか、白岩は狂走した。がんじがらめの利権をめぐる熾烈な争いの前哨戦として、情報の収集に神経を注ぎ込んだ。

いつしか白岩が関西きっての経済極道と称されるようになったのは多方面に協力者を得たおかげである。金融や不動産の関係者はもちろん、警察官や新聞記者、きな臭いネタを漁るブラックジャーナリストらを、つぎつぎと情報屋に仕立てあげた。カネにオンナに、あるときは暴力でおどし、脛《すね》に疵持つ者や隙のある者を陥落させた。

今回は、金融筋の情報屋を使い、矢部紀男を丸裸にしたのだった。

「あの資料を見たけど、俺にはなんのことか、ちんぷんかんぷんやったわ」

石井があきれ顔で言った。

矢部は小泉内閣の規制緩和路線に乗じて生まれたＩＴ成金である。それも悪質な手口で、無記名の金融商品取引を巧みに利用した。大勢の出資者をつのって投資させ、値がはねあがったところで、自分だけこっそり売りぬけしていたのだ。

「簡単に言えば、詐欺や」

「なんぼ無記名やいうたかて、不審に思うた人もおるやろ」

「直談判した人もおるし、裁判に持ち込んだ人もいてる。けど、やつはなかなか尻尾を見せんかった。しつこい人らには代紋をちらつかせておどしたらしい」

「そんなこと、なんで兄貴にわかったんや」

「矢部とおんなじ悪さをしてるやつはほかにもぎょうさんおる」

「そうか。兄貴はそっち方面に強いもんな」

「吉本は資料を読んで納得したんか」

「どうやろ。しきりに首をひねってたからな」

「わいに言わせりゃ、だまされるほうも悪いというか、愚かや。人の欲はかぎりがないし、お宝を眼の前にすると、周囲が見えんようになる。儲かればもっと増やそうとするし、損すればとり返そうと、しゃかりきになる」

「博奕とおんなじやな」

金古が声をはずませた。金古の主な資金源は博奕である。如才無い金古は博奕好きの連中を集めるのがうまく、公営ギャンブルや野球賭博、本引きの賭場などの胴元として稼いでいる。いまではめずらしい古典的な極道者である。

「見切り千両は不滅の格言やが、それを実行できる者はほとんどおらん」

「そのおかげで、飯が食えてるんやろが」

「まあな」

白岩は、石井に視線を戻した。

「吉本は自分でやると言わんかったか」

「言うたどころか、電話をかけようとした。必死で止めたがな。あんたは素人やろ。この資料を持ってたかて、矢部にまるめ込まれるだけやと……説得するのに骨が折れたわ」

「引退は撤回するんやな」

「するもなにも、そんなもん表明した覚えはないと、吠えまくってた」

「能天気なおっさんやのう」

「ほんまや。で、兄貴。勝ち目はあるんか」

「わいがでしゃばるわけやない」

「はあ」

「わいが表に立てば、なんやかやと勘ぐられる」

「なるほど。それで、白紙委任状にしたのやな」

「訴訟をおこすために、強力な弁護団を組んだ。原告は吉本だけやない。吉本は極道者やさかい、裁判での印象が悪い。吉本とおんなじ被害におうた人ら、十数人が訴訟に応じてくれた。被告は矢部と、やつの周囲におる金融関係の連中や」

「時間がかかるやろ」

「結果はどうでもええ」

「ええっ」と、金古が奇声を発した。

「証拠が揃うてるから勝てるとは思うけど、結果など関係ない。わいが欲しいんは、本家の若頭補佐と若衆が公然と裁判で争う事実や」

石井と金古が同時にため息をついた。

「あさってにも訴訟をおこす」

「あさって……執行部会の前日か。そんなに早くできるんか」

「準備は万端や」

石井の問いに即応した。

「矢部の手口は以前からおおよそつかめていたし、この二週間は弁護士の尻をたたきまくってたさかい、あとは、原告のなかに吉本の名を入れるだけやった」

「それを執行部会でとりあげるんやな」

「そんなあほなまねはせん」

「ほな、どうやって訴訟のことを……」

「マスコミに発表する。そのためにも一般人の被害者が必要やった」

「ほんま、兄貴は恐ろしい」

　金古がつぶやいた。

「つぎの日が執行部会で……吉本さんが出席すれば、当然、話題になる」

「非難されるかもしれんが、処罰にはならんやろ。吉本は被害者や」

「事務局長はどうでる」

「話にも参加せんと思う。門野の関与が表ざたになってるわけやない」

「けど、矢部は怒るで」

「怒ったかて、格上の吉本を相手に喧嘩はできん。まして、矢部は被告なんや。門野に泣きつくんが精一杯で、それも門野になだめられておしまいやな」

「なだめる……」

「門野は、己の東京進出の野望に矢部をかませとる。矢部は、カネと地位の両方をほしがるタイプにちがいないが、ふたつにひとつの選択を迫られたら、カネに顔をむける。そのへんは門野も重々承知と読んだ」

「兄貴は事務局長を買いかぶりすぎてるんとちがうか」

石井が不満そうに言った。

剛直で一本気の石井は、ずっと以前から門野を嫌っている。策士とか寝業師という言葉そのものに強い拒否反応を示すのだ。四年前の本家の跡目争いのさなかに、石井がひそかに門野の命を狙っていたという話をずいぶんあとで知った。おしえてくれた金古がいまも石井の言動に神経を使うのは、一緒に門野を殺《ヤ》ろうとささやかれたからである。

——兄貴も知ってのとおり、石井の兄弟が無言になったときは恐ろしい。なにをしでかすかわからん。俺、それが心配やねん——

金古の言葉は大げさではないのだ。

あのときは白岩がごねて拗ねて、一成会を割ってでも対決するとわめいたこともあって、石井と金古は、最終的に、花房の意を汲む形で白岩の暴走を止める側にまわったのだった。

「悪知恵しか使えん、肩書だけのおっさんやないか」

「あなどるな」

「事務局長になってからも乾分は増えてへん。たかが二十人たらずの兵隊で、それも、喧嘩したこともない連中ばかりや。つまり、極道の頭を張る器やないねん」

「その器のほどを、門野はよう知ってる。そこがすごい」

「ようわからんわ」

「バランス感覚が絶妙なんや。主流派と反主流派のどちらにでもつけるような態勢を常に保ってるんは、前に立つ器量がないのを自覚してるからや。四年前の跡目争いがええ例で、門野はぎりぎりまで達磨《だるま》をとおした。あれは、情勢を冷静に観察し、分析してたんや。どっちを立てたほうが己の存在を誇示できるか……熟慮してたんやな」

「ますます卑怯きわまりないわ」

石井が忌々しげに言い捨てた。

白岩は、二人の顔を交互に見つめたあと口をひらいた。

「おやっさんが東京の病院へ移られる」

「ほんまかい」

二人が声を揃え、すかさず、石井が身を乗りだした。

「悪化してるんか」

「動けるうちにとの判断や。食欲もあって、冗談も言えるいまなら、しんどい治療にも耐えられるやろ。わいは、よかったと思うてる」

「そうか。けど、なれん土地やさかい、心配や」

「姐さんも、花屋の好子も同行する」

石井も金古も、好子とは旧知の仲だ。好子がクラブ勤めをしていたころ、どちらも頻繁に通っていた。その当時、二人とも白岩と好子が男女の仲と信じて疑わなかったようだ。

「好子さんが一緒なら安心や。で、いつ移る」

「三日後や」

「執行部会の様子を確認して行かれるのやな」

「それはない。わいは、おやっさんに外の話はいっさいしてへん」

「俺らも気ぃつけるわ。先代には安心して治療に専念してもらわんとな」

「姐さんは、人生最後の勝負と言うてた」

「そうか、勝負か」

「そういうわけで、わいは準備に忙しい。吉本のフォローをしっかり頼むで。身動きとれん借金をかかえ、乾分には愛想をつかされ……落ち目になった者は気が変わりやすい」

「まかせてくれ。先代のことはよろしゅう頼む」

「わいも覚悟して、親孝行に励むわ」

「それにしても……」

金古が力のない声をだした。

「今年は花房組の厄年か」

「おやっさんが東京へ行ったらすぐ、皆で荒神さんにお参りしよか」

「おう。それがええ」

金古が即座に応じた。

宝塚市の山間にある清荒神清澄寺《きよしこうじんきよすみ》は、関西の博奕打ちのメッカである。一般人からも荒神さんの愛称で親しまれる清澄寺は、境内の端に鎮座する一願《いちがん》地蔵尊像が博徒連中に崇められるようになって、博奕好きの者たちが足繁く通いだした。台座を加えれば四、五メートルはある地蔵尊、別名水かけ地蔵に、柄杓《ひしゃく》の水を飛ばし、見事、地蔵の顔にあたれば願いが叶うというので、博徒や博奕好きの者たちは好運を求めて地蔵にすがるのである。

花会などの賭場では豪快な博奕を打つ花房も、信心者ではなかったけれど、荒神さんには参拝していた。白岩も石井も金古もよく同行させられたものだ。

「博奕の神さんに病気を治せるやろか」

石井がぽつりと言った。

「おやっさん、荒神さんにはぎょうさん貢いどる」

小雨に煙る灰色の風景を、二本の黒い帯が縦に裂いている。堂島川と土佐堀川だ。

夕暮れの一刻、白岩は、ベランダのパイプ椅子に体を預け、右手に流れる堂島川の方向を見るとはなしに眺めていた。

事あるたびに過去は引き摺らないと己に言い聞かせてはいるものの、こうしてひとり大阪の風景を眺めていると勝手に記憶の蓋が開き、そのなかに引き込まれる。過去の出来事を脳裡にうかべるのではなく、そっくり過去のなかに入ってしまうのだ。

そういうことが月に一、二度、なにげなくベランダにいるときにおきる。

――その傷、いずれはおまえの代名詞になるで――

花房のカラカラと笑う声が鼓膜に響いた。

きょうあらわれた花房は、白岩の頰に走る傷のことばかり話題にしている。周りのだれも口にしないどころか、まともに傷を見ようともしないのに、同席者がどう対応していいものかとまどっているのはあきらかなのに、花房は話題を変えようとしない。

――おまえに弱みがあるとすれば眼に見える傷やない。心の疵や。その傷、気の持ちようひとつでおおきな武器になる――

はじめはうっとうしかった話も、それが単なるなぐさめではなく、周囲の者の意識を変えるための方便と思うようになったのは、花房の眼が真剣なのに気づいたからである。花房は、永い月日をかけて白岩の折れそうな心棒に添え木してくれたのだった。

突風に流された雨粒が頰を打ち、白岩の意識はいまに戻った。

とたん、室内から携帯電話の着信音が聞こえた。
ソファに移り、耳にあてる。相手は優信調査事務所の木村直人だった。
《きょう、無事に仕事を完了しました》
「なんや。まだ国へ帰してなかったんか」
《あなたが東京を離れたあとで、古巣の上司から連絡がありましてね。あの姉妹に話したところ、おなじ被害に遭ってる人たちを救ってくれるのなら、自分の同席を条件に、警察の事情聴取に応じると言ってくれたのです》
「二日もかかったんか」
《なにしろ、ホテルでの極秘の聴取です》
「で、どうなる」
《桜田門の公安外事と捜査二課、それに生活安全部が連携し、あした、関係各所の一斉捜索が行なわれることになりました》
「えらい急やな」
《まずいのですか》
「皮肉に聞こえるわ」
《彼女らへの聴取はウラ固めで、あなたに依頼された直後から内偵捜査が始まっていた。新

宿署の悪党たちが防衛策を講じる前に、強制捜査をやるという判断のようです》

「忠信会も的になるんか」

《もちろん。警視庁管内のマル暴は桜田門と所轄署の連携が濃密なので初動捜査では使いませんが、生活安全部が、まずは風俗営業法《フウエイホウ》違反の容疑で木下の身柄を押さえます》

「それも、あすか」

《早朝に逮捕状をとるだんどりです》

「FSAの関係はどこまでやる」

《京都の京英塾本部にも及ぶようですね》

木村の声が自慢げに聞こえ、ちょっぴり癪にさわったけれど、文句は言えない。木村のことである。白岩の心中も、一成会の内部事情も視野に入れているにちがいないのだ。

それにしても、木村の報告はいつもタイミングがいい。

おかげで、白岩の決意は磐石なものになった。

あすが勝負と胸に秘め、自宅で静かに時間をやりすごすつもりだったのだが、思いがけず記憶の蓋が開き、気持ちの張りがたわみそうになっていた。

《もうひとつご報告が……ラブホテルで女を殺した犯人の目星がつきました》

「ほう」

《あなたに酔狂をやらせるきっかけをつくった二人です》
「いまさら遅いわ」
《えっ。ああ、あれですか。木下への請求書はどうなりました》
「けさ、五百万円の小切手が届いた。しけた男よのう。一桁ちがえば、やつに捜査の手が及ばんよう、おまえに頭をさげてやったのに」
《本気で言ってるのですか》
「同業の誼や。それはともかく、あすにはおまえの事務所に小切手が届く。それをやな、外国人留学生をまともに支援してる団体に寄付してくれ」
《やっぱり酔狂がお好きなようで》
「元は留学生の心と体を傷つけて稼いだゼニや」
白岩は、ひと呼吸おき、最後の言葉に謝意をこめた。
「ご苦労さん」
《では、これで。またのご依頼をお待ちしております》
「もう酔狂はやめや。わいが破産する」
電話をきり、ベランダに戻った。
雨にまぎれて、闇が降っている。

青紫の空の下で、堂島川を街の灯が泳いでいた。

きのうとは一転、まばゆい青空がひろがっている。

昼中の京都の街は風もなく、うだるような暑さだった。

白岩は、ネクタイを締めなおし、料亭の門をくぐった。

胆はすえてきた。心構えが不快な空気を弾き返している。

仲居に案内され、先日とおなじ部屋にとおされた。

門野甚六はすでに来ており、半袖のオープンシャツというラフな身なりだが、一見しただけでも前回と表情が異なるのはわかった。人を喰ったような余裕が感じられない。

「立て続けにあらわれるとは……京都にええ女でも見つけたのか」

「京都のおなごはカネづかいが荒いそうで、甲斐性なしのわいの手には負えません」

「なにを言うか。花房組の金満ぶりは知れ渡ってる」

「矢部組と間違えてませんか」

「あいつ、しっかりしてるようで詰めがあまいわ」

「なにか、あったのですか」

白岩はとぼけた。

「やつが裏で経営する投資コンサルタント会社が訴えられた。十七名による集団訴訟だ。賠償請求額は慰謝料を含め四十五億円……おまえ、ほんまに知らんのか」

「初耳ですわ。新聞に載ったんやろか」

「夕刊には載るだろう。きょうの午前中に訴訟手続きが行なわれたそうな。電話で知らせてきた矢部は強気だったが、どうなることか。金融事案を得意とする弁護団らしい」

「矢部にもやり手の弁護士がついてますやろ」

「民事裁判など、俺には興味ない。一成会もあちこちで訴えられてる」

「刑事事案に発展しそうなんですか」

「どうかな」

仲居が膳を運んできたので、白岩は口をとじ、門野に徳利をさしだした。

門野がしかめ面で盃をあおる。

二人に戻るや、白岩は声を発した。

「門野さんもからんでますのか」

「ばかを言うな。ゼニは好きやが、博奕には手をださん」

「ほな、気にすることはおまへん」

門野がすこし背をまるめ、上眼づかいに視線をくれた。

「おまえのほうこそ、からんでないのか」

「わいは被害者やない」

「清道会の吉本を焚きつけた」

「ほう。吉本が原告団に名を連ねてますのか」

「とぼけるな。吉本にそんな知恵がまわるはずもない。つい三、四日前まで、吉本は矢部と頻繁に連絡をとってたんや。それが、おとといからぷっつりとだえた」

「わいがけしかけたと」

「図星か」

「そうや言うたら、どうしますねん」

「身内の喧嘩をあおって、ただで済むと思うてるのか」

「あほくさ。裁判ざたの諍いを喧嘩とは……笑われるわ」

「おまえも案外、タヌキやのう。そこまでして矢部をつぶす狙いはなんや」

「わいは、吉本を焚きつけたとは認めてへん」

「そんなことはもうどうでもいい。俺は、おまえの腹を知りたい」

「見せるほどの策士やない」

「先だっての、矢部を昇格させる話、カモフラージュだったのか」

「思いつきやと言うたはずやが」

「この俺をだましたのか。おまえ、友田に、矢部との縁を切れとぬかしたそうやな」

「それが、どないした」

白岩は語気をとがらせた。

「その話、花房一門のことや。あんたは引っ込んどれ」

「きさまっ。俺にも喧嘩を売る気か」

門野の眦《まなじり》がつりあがった。

門野が本気で怒る顔を初めて見た。しかし、真正の極道者のすごみにはほど遠い。

「売れば買うんか。わいに拳銃《チャカ》、むけられるんか」

「道具などいらん。あすの執行部会で懲罰動議をおこす」

「好きにせえや。矢部が吉本をペテンにかけた一部始終を話したる。ついでに、清道会舎弟の西山を呼んだる。西山を跡目に推したの、あんたらしいな」

「適任と判断したからだ」

「それこそ、内政干渉や。すべてがあきらかになれば、六代目も本家の若頭もあんたの側にはつかん。それでもやると言うんなら、やってみい」

門野が低くうなった。

白岩は間を空けない。

「関東の忠信会のほうはどうするつもりや」

「なにっ」

「そっちの情報も届いてるやろ」

「おまえとの和解の件か」

「笑わせるな。あんな雑魚と和解するほどもめた覚えはないわ」

「では、情報とはなんだ」

「さすがに、顔のひろいあんたも警視庁には友だちがおらんようやな」

門野の表情がさらに険しくなった。

「仲人の顔をつぶす前に、しょうもない謀略は捨てたほうが身のためや」

「警察が動いてるのか」

「東京の悪どもがなにをさらしとるか、知ってるんか」

「いちいち訊かん。が、極道者のやることだ。おおよその想像はつく」

「あんた、木下を極道者と認めてるんか」

「青臭い言い方だな。極道者が世間に認められるような存在か」

「淀みに生きてる者にかて、やったらあかんこともある」

「極道の筋目か。そんなものを背負うて、生き延びられる時代やないわ」

「倒れるで」

「はあ」

「大地に根を張らん木は倒れる。伸びれば伸びるほど、あっけなく倒れる」

「心配してくれんでも、俺の根は太くて、強いわ」

「ゼニでつながる人脈のことか」

「そうだ。人は欲でしかつながらん。心の絆など、いまの日本のどこにも見あたらん」

「見えてないだけや」

「幻想など見る気もないわ」

「ほな、現実の話をしたる。あんたを支えてる京英塾も無事では済まん」

「でたらめを言うな」

「きょうの一斉捜索の報せは届いてないんか」

二時間前の午前十一時、これから捜索が行なわれる、との一報を受けた。

「忠信会とNPO法人FSSAの関係各所に捜査員が踏み込んだ。FSSAの実質的な設立者の、京英塾の理事長の周辺も捜査対象になってる」

「そんな話……聴いてない」

語尾が沈んだ。

「京英塾が犯罪に関与してなかったとしても、京英塾とＦＳＳＡの関係はあきらかや。マスコミが騒ぎ立てれば京英塾はつぶれる」

「そこまで手を打ったのか」

「あんたの打算だけで、一成会を動かされてはこまる」

「打算てか」

「ほかに、これまで縁もゆかりもなかった忠信会を担ぐ理由がどこにある」

門野の顔がゆがみ、片方の眼がつぶれかける。不快なときに見せる仕種だ。

白岩は視線をそらし、煙草をくゆらせた。

ほどなく、門野が口をひらいた。

「おまえの条件を聴こう」

「そんなもん、あるかい」

「縁談は根まわしが済んでる。仲人も決まってる。いまさら水には流せん」

「心配いらん。関東誠和会の会長は手をひく。詐欺に脅迫に売春……外国から勉強に来たおなごをいたぶって刑務所に行くやつの縁談をまとめたら恥をかく。代紋に疵がつく」

「俺に、どうしろと……」

「己で考えい。政治家やないが、出処進退は己の判断や」

「わかった。忠信会も清道会も見切る。これから先はおまえと手を組もう」

「手が腐るわ」

「きさま、もう七代目を獲った気でいるのか」

「獲る気ではおるが、この話、跡目争いとは無縁や」

「そんなことはない。一事が万事、権力争いにつながってる」

「あんたの頭のなかはそれしかないんか」

「ない。俺と組めば七代目に近づけるぞ」

「寝ぼけたことをぬかすな。往生際が悪すぎるわ」

「考えなおせ。損はさせん。おまえのために動く。票を固めたる」

「一成会のてっぺん、そない安っぽいもんか」

白岩は言い捨て、腰をあげた。

そとにでると、青空にむかっておおきく胸を張った。

肺の空気を吐きだしたとき、携帯電話がふるえた。

白い部屋に長く西陽が射していた。

午後四時をすぎても、窓ごしの太陽は赤く燃えている。

病院の上層階にある特別室に入ったところだ。

花房は窓辺に立っていた。

白岩は、ベッドの端に座る姐に話しかけた。

「手配は調いました。むこうへ行って不便があるようでしたら、好子に言うてください」

「あの子は強情っ張りや。ついて来るなときつう言うたんやが、根負けしたわ」

「好きにさせてやってください。おやっさんの世話をするのが生き甲斐なんです」

「わては助かるけど、店は大丈夫なんか」

「本人はそう言うてます」

「おい」

花房が姐に声をかけた。

「しばらく、散歩してこい」

「はい」

姐が肩をすぼめて見せ、部屋を去った。

花房が窓を背に座る。

頬のくぼみがめだつけれど、顔色はさほど悪くない。眼光もしっかりしている。

「急な用とはなんですの」

「わかってるやろ」

「友田の伯父貴と話されましたんか」

「会いたいと連絡があって……ことわったんやが、電話でべそをかきよってな」

「ここへ」

「やつが帰ってすぐ、おまえに電話した」

「ご迷惑をおかけして、すみません」

「あやまることはない。あいつの顔を見たい気持ちもあった」

白岩の胸中に、さっと影がさした。

――わいは、おやっさんの悲しむ顔は見とうない……今後いっさい、花房組に近づくな。わいらの仲間にちょっかいだしても、わいは許さん――

あれは言いすぎだったか。花房の心への配慮を欠いていたのか。

「おまえと縁ができて何年になるかのう」

「親子の盃を交わしてもろうて二十五年になります」

「ということは、四十七歳になるんか」

花房の眼が懐かしむような光を湛えた。

病気で夭折したひとり息子を思いうかべたのだろうか。

胸にめばえたその思いは花房の声に消えた。

「ひとりの男と、二度もおなじ盃を交わしたんはおまえだけや」

「初めの盃……あれで自分は救われました」

「わしは後悔してる。歳をとるごとに後悔が増してる」

「どうしてですか」

「極道者の盃事《さかずきごと》は義理の契り。偽物の血縁や。世間ではまともに生きていけん、それも、ひとりで生きるのが恐ろしい者らが身を寄せ合い、群れをつくるための儀式にすぎん」

「そうかもしれませんが、わいはあのとき、すうっと気持ちが楽になりました」

「二度目は」

「盃を手にした瞬間、いろんな覚悟が頭のなかを飛び交いました」

「わしとの距離はどう感じた」

白岩は、花房の眼を見つめた。

静かな瞳だ。その瞳のなかに過去を見た。初めて会ったときのたしなめるようなまなざし、夜の街を闊歩するときのやさしい眼の動き、一成会の本家へ出向いたときの、声をかけるのさえはばかられるような眼光。いまの眼はそのどれとも異なる。

「一瞬、おやっさんが遠のいて……さみしさを覚えたような気がします」

「おまえもか」

花房が独り言のようにつぶやき、しばし間を空けた。

「いまさら遅いが、初めの盃、養子縁組の盃にすればよかった」

「そうしていれば、花房組内の親子の盃はなかったんですか」

「どうかな」

「おやっさんは、わいを極道者にしたのを後悔してるんですか」

「いつやったか、おまえが一流企業の社長の椅子に座ってる夢を見た。その面構えで……様になってた。そばにおる社員は皆、笑顔やったわ」

花房が口元に笑みをうかべた。

白岩は、とっさに笑顔の裏側を思った。

「おやっさんが声をかけてくれんかったら極道者にもなれませんでした」

「おまえが学生のあいだ、わしはずっと悩んでた。おまえが盃の話を持ちださんかったらどうなっていたか、いまもわからん。おまえの卒業式を、嫁と二人でこっそり見に行ってな。嫁にきつう叱られたわ。隠れても見たいのならなんで養子にせんかったんやと」

白岩は、右の手のひらで心臓をつかんだ。

感情に体がしびれる寸前、花房が野太い声を発した。

「友田の件やが、堅気のわしに気をつかうな」

「そう簡単には割り切れません」

「おまえ、矢部との縁を切れと言うたそうやな」

「はい。二人して引退宣言せえとも」

「わしは、おまえのやることに文句は言わん。けどな、おまえの言動の裏にわしの存在があるのなら話は別や。おまえが背負うのは花房組や。一成会や。わしやないぞ」

「ほな、訊きますが、おやっさんは伯父貴との兄弟縁を切ったんですか」

「わしは引退しとる」

「半世紀以上も続いた兄弟の絆は……」

「関係ない」

花房がぴしゃりとはねつけた。

「それがおまえの欠点や。おまえに極道の盃をやるかどうか、わしが悩んだのも、おまえの、その気質の根っこが心配やったからや」

「……」

「ええかげんで極道者になりきらんかい。できなんだら、おまえが引退せえ」

それもよろしいな。

白岩は、胸にふわりとうかんだ言葉を追い払った。

「伯父貴が引退すれば、仲のええ兄弟でおれますのに」

「気持ちはうれしいが、その思い、ここに置いてゆけ」

「そうします」

「それにしても、友田のやつ、苦労するのう」

「矢部のことですか」

「兄貴がうらやましいと嘆いてたわ。矢部はいっさい、友田の言うことをきかんそうな。友田にはもう組を束ねる力がない。何度も引退を口にしたそうやが、そのたびに止められたと……わんわん泣いてた。矢部はな、友田組の跡目を継ぐ気がないのや。かと言うて、ほかの身内に跡目を譲る気もさらさらないらしい」

「友田組を吸収するつもりなんですね」

「そうや。いま吸収すれば同業に後ろ指を差されるさかい、己が一成会の幹部になり、友田組より格が上になったところで友田を引退させ、友田組の若衆をひきとる」

　清道会のっとりの手口とおなじだ。

　そう思ったが、口にしない。

「矢部は門野と心中する覚悟です」

「ほう、門野か……あいつ、まだ元気にはしゃいでるんか」

「門野は、東に西に策を弄して、己の権勢を維持するのに必死ですわ」

「たいしたもんや」

一成会の面倒事を花房に聴かせるつもりはない。だが、今回の件で、自分の的は矢部ではなく、門野であるのは伝えておきたかった。

「けど、ご心配なく。門野の動きはすべて封じました」

「心配はしとらん。おまえの極道者としての器量は、わしをはるかに超えてる」

「そんなことおまへん。自分は迷うてばかりです。いくつになっても覚悟がたりません」

「それがあたりまえや。覚悟がぐらつくのは生きてる証や。いろんな覚悟をくり返して、ようやく胆のすわった覚悟にたどりつくねん」

「人は、覚悟を道連れに生きてるということですか」

「そうよ。このわしも、この歳になって……棺桶に片足を突っ込んでる身で、まだ覚悟をしきれん。たかが東京へ行くのに、めそめそ悩んでた」

花房が笑った。

眼にも、口元にも、こけた頬にも、おだやかな笑みがひろがった。

タクシーを降りるや、白岩は一目散に走った。病院の玄関へ突進し、床を蹴る。人が悲鳴をあげ、左右に飛びのく。制止する声も無視し、通路を駆けぬけた。

一階フロアの奥に集中治療室の札が見える。

もうすこしというところで、行く手を数人の男らにふさがれた。制服警官もいる。

「どけっ。どかんかい」

「落ち着け。ここは病院だ」

両腕をかかえられ、羽交い絞めにされても、白岩は力まかせにあらがった。

正面に、中年の制服警官が立った。

「交通捜査係の山本です。あんたは被害者の身内の方ですか」

「好子はどこや。無事なんか」

「いま治療を……」

「無事かと訊いとる」

「静かにしてください」

「うるさい。容態を言え」

「重態や」

横手から声がした。

視線をふった先に、尾崎潤《おざきじゅん》がいた。入江好子が撥《は》ねられたと報せてきた刑事である。

白岩は、尾崎に腕をとられた。

勢いを止められて、体が動かなくなりかけている。

おおきなガラス窓のそばに連れて行かれた。

十畳ほどの部屋の真ん中に、ビニールにおおわれたベッドがある。周囲の医療器具から延びる数本の管の先がベッドの白布のなかに隠れていた。

顔は見えない。胸のあたりがかすかに上下しているのはわかった。

心電図の画面に走る線はゆるやかながらも波を描いている。

白岩は声を絞りだした。

「意識は」

「手術が終ったばかりや」

「助かるんか」

「わからん。内臓の損傷が激しく、予断を許さん状況らしい」

「医者に会わせえ」

「おどす気か」

「死なれて、たまるか」

「きょう、あすがヤマとか。いまは好子さんの生命力を信じて、祈るしかない」

白岩は、額をガラス窓に張りつけ、眼を見開いた。

やがて、耳元で声がした。

「話がある」

また尾崎に腕をとられ、引き摺られるようにして集中治療室を離れた。

むかった先は、心斎橋の地下駐車場だった。病院とは歩いて五、六分の距離である。大阪府警と書かれたロープが囲いを作り、そのなかに二十名ほどの警察官がいた。

「あそこから……」

尾崎が右手を指さした。

その先にガラス板の自動扉が見えた。

「好子さんは、両手いっぱいの買物袋をさげ、自分の車にむかっていた」

白岩は視線を戻した。

立ち入り禁止のスペースの端に紺の車がある。そのフロントの周辺に鑑識捜査員が屈み込むようにして群れている。

「あと二メートルというところで、無念にも撥ねられた」

「無念てか」

「ほかに言いようがない」

「撥ねた野郎は」

「逃走した。目撃者の証言によると、あっというまの出来事だったらしい」

尾崎が歩きだした。

白岩はあとに続いた。

駐車場の近くの喫茶店に入った。

時刻は午後二時すぎ。古びた店に客はいなかった。

「まあ、座れよ」

尾崎に肩をたたかれた。自分を落ち着かせようとしているのだ。

白岩と尾崎は窓際の席で向き合った。

かれこれ十五年のつき合いになる。尾崎は三年前まで花房組の本部事務所を所管内に持つ曽根崎署の暴対係に勤務していた。気心の知れた仲で、尾崎が南署に異動したあともときどき会っては料理と酒をふるまっている。

「まさか、好子さんが……たまたま交通捜査課にいてな。被害者の名前を聞いたときは腰がぬけそうになった」

「目撃者の話を聴かせてくれ」

「さっきも言ったが、一瞬のことだった。あの現場の先のコーナーから飛びだしてきた車が好子さんを撥ね、そのまま突っ走ったそうだ」

「ブレーキもかけずにか」

「その痕跡はなかった。目撃者の証言もおなじだ」

「つまり、故意か。好子は狙われたんか」

尾崎が力なく首をふる。

「わからん。いま、防犯カメラの映像を分析してる。すぐに面は割れる」

白岩は、せわしなく煙草を喫いつけた。まだ心臓が暴れている。こうして座っていられるのが自分でも不思議なほどだ。

「あんた、面倒をかかえてるのか」

「なんで訊く」

「故意かと……」

「状況を聴けば、誰かてそう思う」

「俺とあんたの仲だ。心あたりがあるのなら、いまのうちに教えてくれ」

「ない。あるわけないわ。おまえのほうこそ、気になることがあるんか」

「ちょっとな」

「矢部か」

尾崎は南署でもマル暴刑事で、所管内には矢部組の事務所がある。

「やっぱりもめてるのやな」

「あんな雑魚ともめるかい。それに、できが悪うても花房組一門の端くれや」

尾崎が小首をかしげ、アイスコーヒーを飲んでから口をひらいた。

「きのうの夜、矢部が荒れてたそうな。同僚が耳にした話では、白岩の野郎、虚仮《こけ》にしやがってと、ミナミのなじみのバーで吠えまくっていたとか」

「連れはおったんか」

「乾分が三人。ひとりは幹部や」

「ただのやけ酒ならどうということないわ」

「本音か」

「ああ。うらみを晴らすにしても、おなごは殺《ヤ》らん。それが極道者の最低の節度や。まして、好子は女房でも愛人でもない」

「そうかもしれんけど、矢部ならあんたと好子さんの仲を……」

「やめんかい。わいを焚きつける気か」

「そうやない。万が一のことを思うと、心配なんや」

「それならまめに情報をよこせ」

白岩は席を立った。

「どこへ行く」

「きまっとる。病院や」


好子はまだ眠っている。

看護師には、意識が戻っても集中治療室には入れないと言われた。

眼をつむると、寝息が聞こえる。人肌のぬくもりを感じる。

「どうなんや」

耳元で声がした。

石井が心配そうに好子を見つめていた。

そのむこうに、おなじ顔つきの金古もいて、うしろには三人の男ども、若頭の和田と部屋住みの乾分が凍りついたように顔面を固まらせている。

白岩は、通路を歩きだした。

石井と金古と和田が無言であとに続いた。

玄関を出て、車寄せの脇にあるベンチに座った。

金古がとなりに腰をおろし、石井が前に立つ。和田はすこし距離を空けた。

白岩は空を仰いだ。太陽が西に傾いている。

石井が話しかけてきた。

「轢き逃げなんやて」

「ニュースでやったんか」

「いや。俺にも府警に仲よしがおる。連絡もろうて、金古に報せた」

金古があとを継ぐ。

「好子さん、助かりそうか」

「きょう、あすがヤマらしい」

「乗りこえられるとええが」

「あいつは死なん。死ねんのや」

石井と金古が沈痛な表情で口をとざした。

一分がすぎたか。三分は経ったか。

ポケットの携帯電話がふるえた。

パネルにならぶ数字を見て、白岩は重い息をついた。話したくない相手だ。しかし、病院へ戻る途中で自分のほうから連絡し、留守電にメッセージを残した。

——手の空いたときに電話ください——

そう告げるのが精一杯だった。

「白岩です」

《どうした。声が沈んでたけど》

「姐さん、いま、どちらに」

《裏庭におる》

「好子が車に撥ねられました」

《えっ》

姐の息が乱れた。

「手術が済んで、いまは寝ています」

《生きてるのやな》

「もちろんです。死ぬわけがおまへん。けど、東京へはしばらく……」

《わかった》

「おやっさんにはご内聞に」

《わかってる》
「東京にはわいがついて行きますさかい、二、三日延ばしてもらえませんか」
《あした、発つ》
「そんな……」
《どこから花房に知れるかわからん。延期すれば花房が不審がる。好子のことは、店の引き継ぎに手間どってるとでも言うとくわ》
「わかりました」
《好子に伝えてくれ。元の体に戻るまで東京に来るなと。わても花房も、元気な好子を見るのを楽しみにして頑張るさかい》
「はい」
《光義っ。しっかりせえよ》
返事をする前に電話がきれた。
何分待たれても、声はでなかったかもしれない。
南署の尾崎が花房組の本部事務所にやってきたのは午後十時すぎのことだった。
その一時間前、白岩は、乾分二人を病院に残し、本部事務所に戻った。好子との面会が許されないこともあったが、麻酔がきれたのか、好子の体をおおう白布が動くのを見て、すこしばかり安堵したせいもある。

しかし、病院での重苦しい空気はそっくりそのまま本部事務所に移ってきた。

若頭の和田は当然として、石井も金古も去ろうとしなかった。

三人の胸のうちは訊かずともわかる。白岩がどういう行動にでるか不安なのだ。彼らの神経は、軽く触れただけで切れそうなまでに張り詰めているにちがいない。

一時間あまり、会話はほとんどなく、和田が夕食を摂っていない皆のために鮨を用意したのだが、手つかずで残っている。

そこへ尾崎があらわれたのだから、室内の空気はさらに重くなった。

白岩は、石井と金古と和田に、別室へ移るよう指示した。

尾崎が正面に浅く座る。

「好子さんの容態は」

「意識が戻ったようで、足を動かしてくれたわ」

「そうか」

尾崎が短く息をついたあと、苦しそうに声をだした。

「犯人が自首してきた」

「何者や」

「ミナミのチンピラだ」

「つながりがあるんか」

「ああ。矢部組の事務所に出入りしてた」

「関与は」

尾崎がゆっくり首をふる。

「盗難車だったのであわてて逃げたと……盗難車なのは事実だ。チンピラが轢き逃げの犯人なのも、監視カメラと目撃者の証言で、ほぼ断定した」

「そんな話はいらん。矢部の関与を訊いとる」

「関与していれば、どうする」

「おまえには関係ない」

「本格的な取り調べはこれからだが、念のために、俺の同僚が矢部組の幹部にあたってる。チンピラは、矢部が荒れてたとき一緒にいた幹部の身内だ」

「その幹部の名は」

「言えん」

「言え。手間をはぶきたい。調べりゃわかることや」

「早まるな。必ず、関与の有無をあきらかにする」

「こっちでやる」

「無茶だ。大騒動になる」

「ならん。花房組は動かん」

「ひとりでやる気か」

「なにをやる。己の手で事実をたしかめるだけや」

「おなじことだ。頼む。冷静になれ」

「幹部とチンピラの名を教えろ」

「だめだ。白黒はっきりするまで待ってくれ」

「ほな、なにしに来たんや」

「あんたが暴走するんやないかと……」

「迷惑はかけん。もう、いね」

白岩はそっぽをむいた。

尾崎が去ると、すかさず金古と和田が飛び込んできた。

白岩は、思わず声をあげた。

「石井はどうした」

「尾崎について行った」

「なんで」

「居ても立ってもおれんのやろ」

「あいつをひとりにするな」

「心配ない。尾崎に守《も》りを頼んだ」

金古が正面に座り、真顔で口をひらく。

「兄貴、辛抱してくれ」

白岩は眉根をよせた。いまは人の声がわずらわしい。堪忍の緒が切れかかっている。

「尾崎の言うとおりや。いまは動くときやない」

「黙っとれ」

「そうはいかん。兄貴に名分のない喧嘩はさせられん」

「喧嘩やない。門野も矢部も終っとる。好子を狙うたとすれば、負け犬の憂さ晴らしや。そんな卑怯者をほっとけるか」

「最後の悪あがき……捨て身の挑発かもしれん。兄貴が報復にでれば、反撃のチャンスを与えるはめになりかねん」

「おまえ、なにを恐れてるんや」

「俺が、恐れる……」

「わいを無傷で神輿《みこし》に乗せときたいんか」

金古が憮然とし、だがすぐに、挑むような眼つきをぶつけてきた。

「そうや。それが悪いか、ずるいんか。兄貴は花房一門の顔や。勝手なまねはせんでくれ」

「なんやと。もういっぺんぬかしてみい」

「何度でも言うたる。仲間の皆が兄貴に賭けてるねん。己の野望も、組織の将来も……」

「わいに、人でなしになれ言うんか」

白岩は、ぐいと身を乗りだした。

しかし、金古は退かなかった。それどころか、かっと眼を見開いた。

「好子さんの仇は俺が討つ。兄貴の気が済むのなら、これからすぐにでも鉄砲玉を飛ばす。そやさかい、兄貴はじっとしとれ」

「できるかい。好子は堅気のおなごなんや。自分ひとりでケリをつけたる」

「好子さんを撥ねたのが兄貴への遺恨なら、俺らも無関係やない」

白岩は、背をソファに戻した。

こんな話を続けても堂々めぐりである。

「和田っ」

「はい」

金古の脇に控える和田が声を発した。

「矢部の居所を突き止めろ。ただし、手はだすな。わいが差しで話す」

「できません」

「なにっ」

「親分はここで我慢してください」

「ぬかすな」

「親分は自分に、こらえるところはこらえろと……花房組のことだけを考えとれと……そのとおりにさせてもらいます」

「おんどれ」

白岩が立ちあがると同時に、和田の右手が動いた。

「なんや、われ。親に拳銃《チャカ》むけるんか」

和田は応えない。真っ青な顔で拳銃を持つ手を顔の高さまであげた。

「やめろ」

金古の怒鳴り声が響いた。

和田がぶるぶると顔をふる。

「親分が動かれるのなら、自分は死にます」

和田が銃口をくわえた。


沈黙を置き去りにして、時間だけが流れた。

部屋にいる三人はひと言も声をださなかった。

白岩はソファに胡坐をかき、ほとんどの時間、眼をつむり、達磨でやりすごした。なにかを考えていたわけではなかった。己の意志はゆるがない。だがしかし、和田の決意もゆるがないと思う。我慢くらべというより、潮目の変化を待つしかなかった。

金古は、ときおり水を舐め、煙草をせわしなくふかした。

和田はといえば、拳銃を手に、ドア口に突っ立っている。

窓に張る濃紺のカーテンが朝陽をはらんで色を変えはじめた。

白岩は、ぐるりと首をまわした。

その直後だった。

ノックの音に続いてドアが開き、石井が入ってきた。

白岩は、石井のうしろにいる男の顔を凝視した。

矢部紀男である。矢部の顔は真っ青だ。眼に光がなく、薄い唇は締まりなく見える。

緊張をとおりこして、放心の表情なのは一目瞭然だった。

白岩は、無意識に固まった拳をひらいた。

「兄貴。とりあえず、矢部の話を聴いてくれ」

石井がそう言い、金古のとなりに腰をおろした。

鬼の形相をしている。矢部とは対照的に、顔面は真っ赤だ。

その顔を見て、白岩は悟った。

石井は矢部を攫いに行き、金古と和田は体を張って時間を稼いだ。

石井がひとりで戻って来れば、それは矢部の命が消えたことを意味したはずである。

白岩は、石井の傍らに立つ矢部を見すえた。

左眼の端と下唇が赤く腫れている。

「兄さん。すみませんでした」

蚊の鳴くような声のあと、矢部がぎこちなく頭をたれた。

「どあほ」

怒声のあと、矢部がよろけた。

石井の拳が矢部の腰を打ちすえたのだ。

「土下座せんかい。それでも生きてここを出られるか、わからんのやぞ」

矢部が蛙の跳ねるようにして、床に伏した。

「ゆ、赦《ゆる》してください」

白岩は、静かな声で訊いた。

「なにをや」

「なにをて……うちと縁のある若造が……」

「おまえがやらせたんやないんか」

「と、と、とんでもない」

矢部が体をゆらした。首がもげ落ちそうだった。

「若頭のどあほが……さっき事情を聴き、即刻、絶縁にして……」

「それがどうした」

「はあ」

「言訳に来たんか、詫びに来たんか」

「それはもちろん、詫びを入れるために……」

「おどれも極道者なら、詫びの作法くらい知っとるわな」

「粗相の始末はあらためて……」

「ゼニを持ってか」

「はい。納得される額を用意します」

「いね」

「えっ」

「じきに、こっちからお礼に行く」

「そ、そんな……俺はやらせてない」

白岩は顔をそむけた。矢部の面を見ていると唾を飛ばしたくなる。

これが極道者か。男か。

視線をふった先、石井の顔はいまにも泣きだしそうに見えた。

「石井よ。おまえにはむだ骨を折らせたようや」

「すまん、兄貴」

石井が立ちあがり、矢部の後ろ襟をつかんだ。

白岩はだみ声を発した。

「やめとけ。そいつを殺《や》れば、おまえの値打ちがさがる」

「好きにさせてくれ。ここから先は、俺と矢部のけじめや」

「あかん。おまえは、花房のおやっさんの自慢の息子やないか。親を泣かすな」

「けど、兄貴。我慢するところやないで」

「伯父貴っ」

和田が飛びかかるようにして、石井と矢部のあいだに割り込んだ。

「控えい」

白岩の一喝に、和田が固まった。

「おまえは、さっき吐いた言葉を忘れるな。ええか、だれの手出しも許さん」

「それなら……」と、金古が口をはさんだ。

「兄貴が笑われるで」

「笑いたいやつには笑わせとけ」

白岩は、そっけなく返し、矢部をにらみつけた。

「矢部よ。おどれのけじめのつけ方はひとつしかない。それをたがえれば、わいが殺る」

矢部の唇がわななき、たちどころに顔面が痙攣をはじめた。

「和田っ」

「はい」

「丁寧に見送れ。おまえの伯父貴への、最後の礼儀や」

白岩は、顔を横にむけた。

立ち鏡のなかの矢部が消え、中央に薔薇の花が映えた。

これで堪忍してくれ。

白岩は、胸のうちで好子に詫びた。


車に乗ろうとしたとき、背に声をかけられた。

ふり返ると、門野甚六がいた。真昼の陽光を浴び、まぶしそうに眼を細めている。

白岩は、ゆっくり門野に近づいた。

眼の端で人の動きをとらえた。石井と金古が別の車から出てきた。近寄る気配はないが、二人の顔には緊迫の色が見てとれた。

いま、浪速区の住宅街にある一成会本家の敷地内にいる。

二階の会議室で、定例の執行部会を終えたばかりである。

正門が開き、ベンツやBMWが列をなして走り去る。敷地に残ったのは白岩の車と、本家まで同行してきた石井らが乗る車、それに、門野のジャガーだ。

白岩が陽射しをさえぎり、門野の顔に影がさした。

影のなかで、細い眼がきらりと光った。

「おまえも詰めがあまいな」

「ん」

「どうして、吉本に口止めした」

「裁判ざたは吉本と矢部の、個人的な諍《いさか》いや。わいも、あんたも関係ない」

吉本は、訴訟を起こしたことで清道会内の求心力を回復しつつあるようで、意気揚々と執行部会に出席し、訴訟に至る背景を説明したのだった。石井と金古の圧力もあってか、事実関係を述べるにとどまり、己の感情も、白岩と門野の名も口にしなかった。

「しかし、俺と矢部の腐れ縁を話せば、俺は窮地に立たされたはずや」

「眼中にないわ」

「なんだと」

「とがるな。あんたは好きにせえ。わいは、邪魔をつぶすだけのことや」

「その強気、いつまで続くか」

「どういう意味や」

「関東誠和会の幹部連中が怒ってる。おまえが同業者を警察に売ったとな」

「ほう。そっちに眼をむけたんか。追い詰められても、悪知恵はまわるようやな」

「東京へ行くときは気をつけるんだな」

「心配してくれて、ありがとよ」

白岩はさらりと返した。

近々に、誠和会の会長を訪ねる気でいる。膝を割って話し、それでも遺恨を残すのなら、それはそれで致し方ないけれど、そうなることはないだろうとの読みがある。

新聞もテレビも、連日、紙面と時間を割き、ＦＳＳＡの悪行を詳細に伝えている。けさ、木村直人からの電話で、忠信会の木下は風俗営業法違反および売春防止法違反の容疑で逮捕状の請求がなされたとも教えられた。

そんな野郎の肩を持てば、関東誠和会の名が廃《すた》る。

面倒がおきる可能性があるとすれば会長の面子だが、しかし、それも危惧はしていない。一成会と忠信会との縁談はあくまで水面下での交渉で、一成会に関していえば、執行部会で議題にもあがっていなかったのだ。

白岩は、にっと笑い、言葉をたした。

「わいより、京都のお友だちの心配をせえ。あんたの自慢の根が腐りかけとる」

「知ったことか。根は増やせば済む。腐った根は切り捨てるまでや」

白岩は肩をすぼめ、踵《きびす》を返した。

車に乗り込むや、石井と金古が駆け寄ってきた。

助手席に座った金古が首をひねった。笑顔だ。

「好子さん、意識をとり戻したそうな」

「ほんまか」

「ちょうど病院に南署の尾崎がおってな。好子さん、あの人は、と訊いたそうな」

「おまえの話は信用できん。けど、うれしいわ」

「尾崎に電話もろうて、二階の会議室に石を投げたろかと思うたで」

「そうか。おまえら、好子のことが気になってついて来てたんか」

「あたりまえや」

金古が声を張り、石井があとを受けた。

「事務局長となんの話をしてたんや」

「あのおっさん、胆がすわっとる」

「難癖をつけられたんか」

「そうやないが、京都で手を組もうと言うたことは、ころりと忘れたらしい」

「また悪さを仕掛ける気か」

「それはない。門野の眼は濁ってなかった。口はどうあれ、敵にはまわらんと思う」

「わかるかい。外道は、どこまで行っても外道や」

「わいらも世間から見れば外道。大差ないわ」

白岩は、運転席の乾分に命じた。

「新大阪駅までぶっ飛ばせ」

「おすっ」

乾分の声に金古の声がかさなった。

「これから東京へ……まさか……」

「おやっさん夫婦が発つ。わいも同行する」

「好子さんのこと、言うてないのか」

「姐さんには話した。予定どおりの出発は姐さんの気配りや」

「先代は好子さんを実の娘のようにかわいがってるもんな」

石井がしんみり言い、思いなおしたように語気を強めた。

「好子さんのことは俺らにまかせろ」

「そのつもりやが、おまえが心配でな」

「これでも大人になってる。その証拠に、矢部を生かして連れてきたやないか」

「ほんまや」と、金古が声を上擦らせた。

「兄弟が戻ってくるまで生きた心地がせんかった。頭に血がのぼって、兄弟が矢部を殺りはせんかと気になって……そのうえ、和田が捨て身の勝負にでて、拳銃をくわえよった。あれで兄貴が動いたら……思いだしても身ぶるいするわ」

「和田ならやりかねん」

石井が応じた。

「細川を含め、俺らが花房組の四天王と持ちあげられたのも、和田の存在があったからや。あいつは地味に、黙々と組内の面倒事を捌いてくれてた」

白岩は車窓に眼をやった。

和田の話には触れたくない。石井と金古の胸のうちを知っただけで充分である。


午後四時二十七分。

新大阪発〈のぞみ二四四〉は、長い人影が立つプラットホームをあとにした。

花房勝正が低い声を発した。

「なんぞ、あったんか」

「えっ」

「おまえも石井らも顔が黄色い。寝てへんのやろ」

「つい夜遊びがすぎまして」

「とぼけるな。おまえは、本家の定例会の前日にどんちゃん騒ぎする男やない」

「……」

「どうやった」

「はあ」

「会議はもめたんか」

「いえ。穏便に済みました」

「清道会の件があったのにか」

「どうしてそれを」

「ひまやさかい、新聞は隅から隅まで読んでる。あれは、おまえが絵を描いたんやろ。清道会の吉本に、あそこまでの知恵も度胸もない」

「すみません」

「あやまらんでええ。集団訴訟とは、さすがに関西きっての経済極道や。あれなら、個人的な金銭トラブルで処理できる。けど、矢部のうしろには門野がおるんやろ」

「腐った根は切り捨てるそうです。会議のあと呼び止められ、そうほざかれました」

「門野らしいわ。ほんまに面倒にはならんかったんやな」

「はい。門野は東のほうの根も断ち切ったようです」

「そこまで徹底する門野も男やのう。わしとは水と油やが、己の信念を曲げん男は、いまどき極道社会でもすくなくなってきた」

「自分は、門野を極道とは思うてません」

「それも勝手やが、極道組織はいろんな者の寄せ集めで成り立ってることを忘れるな。てっぺんをめざす者もおれば、ゼニに走る者もおる。安定を求めるやつもおるやろし、しがみついてるだけのやつもいてるやろ。すべては代紋の威光や」

「心しておきます」

花房がうなずき、すこし間を空けて口をひらいた。

「友田がのう、別れを言いに来た」

「別れて……縁起でもない」

「勘ちがいするな。友田は両親の故郷の宮崎に行くそうな」

「引退、ですか」

「なにを驚く。おまえが引導を渡したんやないか」

「それはそうですが」

「友田は、おまえに感謝してた。踏ん切りをつけてくれたと……あした、幹部を召集して、みずからの引退と、若頭の戸板順夫に跡目を譲ると伝えるらしい」

「そのこと、矢部は知ってますのか」

白岩は、さぐるように訊いた。

矢部が花房組の本部事務所へ来たのはきょうの早朝のことである。あれから矢部はどうしたのか。門野に見捨てられた矢部が友田に泣きついたとも考えられる。そうだとすれば、友田をとおして、花房の耳に好子の件が入った恐れがある。

不安がひろがる前に、花房の声がした。

「二日前に病院を訪ねてきた友田は、その足で北陸の温泉にこもったそうな。わしとおなじ、あいつは無類の風呂好きや。湯に浸かって、ひとりで悩み、考えたんやろ」

「矢部も引退するのなら別ですが、その気がないのなら納得せんと思います」

「どうあがいてもむりや。友田の意志は堅い。わしは、あいつが認めた書状を見た。矢部が反対すれば、即刻、大阪府警に解散届をだす覚悟や」

「そこまで……極道者の、最後の意地ですか」

「友田は乾分らの将来を案じてる。さっきおまえが話した、門野の非情さを、友田は感じていたんやと思う。おまえに見切られ、門野に捨てられ、もう矢部の生きる道はない」

返す言葉が見つからない。

矢部は、友田の決意がなくとも、引退するだろう。極道の看板とカネを天秤にかければ、さらに、わが身の安全を思えば、矢部のとる行動は見えてくる。

白岩は、そっと息をついた。

お節介と好奇心から始まった酔狂の結末がこうなるとは夢にも思っていなかった。

優信調査事務所の木村の調査で京英塾の介在を知り、その時点で、酔狂の色合いが薄れ、稼業の裏舞台に神経がむいたのだが、標的はただひとり、門野甚六であった。

その門野が、策謀を断念したとはいえ、表向きは無傷で事務局長の椅子に居座っているのとは対照的に、友田と矢部は濁流にのまれ、その地位を失ってしまった。

酔狂はこりごりだ。

しかし、後悔はない。

すべては、めざすてっぺんへの道の途中の出来事なのだ。

ゆきずりの縁は、己の生きる証でもある。

「好子やが」

花房の声に視線を戻した。知らず、眼は中空をさまよっていた。

「いつごろこれるやろ」

「そう日にちはかからないかと……」

「あんた」

控え目の声が届いた。

姐の愛子は、通路をはさんだ席にいる。

「そろそろ眠らんと、痛み止めの薬も効かんようになる」

「そうやな」

花房が素直に返し、座席を倒した。

白岩は、花房に毛布を掛け、席を離れた。

花房の後方の座席に移るとすぐに、睡魔が襲ってきた。

長い一日であった。

うとうとしていると、長尾菊から電話がかかってきた。

白岩は、その場で声をひそめた。

「もう恋しゅうなったんか」

《そう。でもしばらくお店にはこないで》

「なんでや」

《ふくらはぎのきれいな新人が入ったの》

「あほか」

《気になるでしょ。待ってるね》

あかん。舐めとる。

白岩は、携帯電話を手にしたまま、眠りにおちた。

解　説

香山二三郎

浜田文人といえば、まず『公安捜査』シリーズ（ハルキ文庫）である。

浜田文人名義のデビュー長篇でもある『公安捜査』は「ハマのホタル」こと神奈川県警警備部公安二課の螢橋政嗣警部を主人公にしたシリーズ第一作。神奈川県警と東京の警視庁は犬猿の仲で知られるが、本書では渋谷と川崎で相次いで殺人事件が起きたことから連携して捜査することに。しかも水と油の関係にある公安捜査官と刑事部の刑事がタッグを組むという従来にない設定で読ませた。

以後このシリーズは『新公安捜査』三部作（同）を経てさらに『隠れ公安』（同）へとつながっていくが、浜田文人が警察小説作家かというと、それを専門にしているわけでは決してない。『とっぱくれ』（文春文庫）を始めとするヤクザものも書いており、闇世界ものの系列でも「政官業の癒着の泥沼を巧みに泳ぎまわる」交渉人、鶴谷康を主人公にした『捌き屋　企業交渉人　鶴谷康』（幻冬舎文庫）のシリーズが刊行されている。『捌き屋』シリーズの特徴は、鶴谷自身は一匹狼なのだが、気心の知れた仲間とチームを組んで徹底した情報収集を武器に交渉を進めるところにある。

本書の主人公・白岩光義はその鶴谷康の幼馴染であり、仲間のひとりなのだ。

そう、本書は『捌き屋』シリーズから派生したスピンオフ作品なのである。

物語の時系列からすると、白岩が初めて登場するのは『捌き屋II　企業交渉人　鶴谷康』（同）のほうで、そのとき彼は四十二歳。「黒々とした瞳は身がすくむほど強い光を放ち、そのうえ、耳朶《みみたぶ》の脇から唇の端にかけて幅一センチの刃傷が走っている。スポーツ刈りの頭にかつらを被せ、地味な服装に着せ替えたとしても、とうてい堅気には見えない」とそこでは記されている。「体重は百キロ」とあるのでその後ダイエットしたのかもしれないが、強面《こわもて》の外見はいささかも変わっていないようだ。当時の彼の身分はというと、「大阪梅田に本部を構える花房組の若頭である。花房組は日本最大の暴力団・神侠会の若頭を務める花房勝正の組織で、その勢力は系列団体を含め二千五百名を超える。いずれ花房が神侠会の六代目を襲名し、白岩は本家の直系若衆に抜擢される。それが業界関係者の一致した見方だ」。

　これがその二年後になると、白岩自身は無事昇格を果たすが、「本家六代目の有力候補と目されていた花房勝正」は「舎弟頭補佐へと棚あげされた」とある。「舎弟という役職は一般企業に喩えるなら監事か顧問のようなもので、神侠会のトップに立つ確率はゼロに等しい」。すなわち花房は権力闘争に敗れてしまったわけで、この時の遺恨がさらにその二年後を背景にした本書でも尾を引いているのだ。

　さて本書である。『若頭補佐 白岩光義 東へ、西へ』は二〇一〇年九月、創美社から刊行された書き下ろし長篇で（発売は集英社）、白岩はすでに花房組の二代目に就いており、本家一成会の若頭補佐に昇格している。

　物語は白岩が三か月前に知り合った銀座のホステス・長尾菊と新宿でデートしているところから始まる。デート中だというのにふくらはぎのしまった若い女につい目移りしてしまう白岩だが、直後その若い女がふたりの男に拉致されかかるのを見て思わず助けることに。女は現場から逃げ、白岩は警察に事情聴取されるが、逃げた女が気になり、鶴谷康の右腕である調査事務所所長・木村直人に協力を依頼、女がアンジェリカというマレーシア人であること、彼女を拉致しようとしていたふたりが新宿を拠点にした暴力団・忠信会の準構成員であることを突き止める。

　そのふたりが出入りしていた東南アジアの留学生を支援するＮＰＯ法人ＦＳＳＡは京都に

本部を置く大手予備校・京英塾の関連組織で、忠信会の幹部・木下とつながっていた。FSAは留学生を食い物にしているらしい。白岩はやはり姿を消したアンジェリカの妹が働いていた売春パブのホステス仲間から事情を聞くとともに、木下本人と会って揺さぶりをかけるが、そのホステス仲間は殺されてしまう。木村から本家の事務局長・門野甚六が京英塾の理事長と組んでいることを知らされた白岩は、門野が裏で何かを企んでいると睨《にら》む。その頃大阪では、引退した花房が末期ガンに冒されており、治療を続けていた……。

本書の初刊本には「痛快極道小説」というコピーが付されていたが、白岩自身、「わいは、暴力団でもやくざでもない。極道や」と主張しており、極道という言葉にこだわりがあるようだ。極道というのは本来仏教用語で仏法の道を極めた者を指すようだが、江戸時代から俠客に対しても使われるようになったとか。俠客とは任俠の徒、つまり弱気を助け強きをくじくのを信条とした男。これについてはかつての東映のヤクザ映画を例にとればわかりやすいかもしれない。

東映ヤクザ映画の走りは東映任俠映画だった。この路線に火がついたのは尾崎士郎原作の昭和のベストセラー『人生劇場』シリーズからで、義理と人情をテーマにした俠客劇は一九六〇年代から七〇年代にかけて高倉健主演の『昭和残俠伝』シリーズ等、多くの佐品をヒットさせた。そうした任俠映画路線はしかし、第二次世界大戦後の広島の抗争を題材にした

『仁義なき戦い』シリーズを始めとする実録もの路線に取って代わられていく。そのタイトル通り、かつての侠客が重んじた仁義など通用しないドラスティックな暴力団世界が活写されるようになったのだ。

　してみると本書の読みどころも、極道にこだわる昔気質《かたぎ》の白岩と花房組の面々が仁義の通用しなくなった暴力団世界でどうしのいでいくかという点にあろう。

　当然ながら白岩たちの前に立ちふさがる宿敵役にも注目。この手の話はやはり悪役が強くないと面白くない。新宿・忠信会の木下のような「弱い者いじめに精をだしている」輩《やから》はしかしまだ可愛いほう。真の敵は獅子身中の虫というか自分たちの組織内にありということで、老舗《しにせ》の組を自分の傘下に収めて出世を図る伯父貴・友田の子分・矢部もさることながら、いちばんの敵は彼らの背後で糸を引いている門野甚六だろう。門野が武闘派の対極にある策士で金の亡者であるというところも面白い。もともと花房が跡目争いに敗れたのも彼の裏切りのせいであったということも含め、現代ヤクザの〝仁義なき戦い〟の悪役たるに相応《ふさわ》しいキャラクターといえよう。

　また極道小説というと女性読者に敬遠されるかもしれないが、本書には女性にも魅力的なキャラが少なくない。白岩のデート相手の長尾菊、彼が顔に傷を負う原因となる事件で知り合った花屋の入江好子や花房勝正を支える姐《あね》の愛子等、皆気丈で懐の深い〝いい女〟だ。白岩はただ女に優しいのではなく、彼女たちに畏敬の念を抱いているのだろう。花房に人生最後の勝負をさせたいという愛子に対して、「わいは、まだまだお二人に教わることがぎょうさんある」という彼の言葉はその証左。

字義通りの強面であるにもかかわらず、白岩がモテモテであるのもむべなるかな。

フェミニストの白岩がつい関わったトラブルから一成会の存続にも影響しかねない謀略が浮かび上がってくる本書は、極道小説、ヤクザ小説ファンのみならず、広くエンタテインメント小説好きの読者にご満足いただけるに違いない。現代日本を逆照射する意味でも、昔気質でありながらインテリの経済極道でもある白岩と花房組の今後から目が離せない。本書で初めて浜田小説に触れたかたは、本書と裏表の関係にある『捌き屋』シリーズにもぜひお目通しいただきたいと思う。

——コラムニスト

この作品は二〇一〇年九月創美社より刊行されたものです。

幻冬舎文庫

●最新刊
バブルでしたねぇ。
伊藤洋介

ワンレンボディコン、オヤジギャル、「東京ラブストーリー」、24時間タタカエマスカ……日本国民1億2000万人が心の底から浮かれまくっていた日々を活写する、狂乱の痛快エッセイ！

●最新刊
ディスカスの飼い方
大崎善生

熱帯魚の王様・ディスカスの飼育に没頭し過ぎて、最愛の恋人・由真を失った涼一。かつて幸せにできなかった恋人を追憶しながら愛の回答を導く、恋愛小説の名手が紡ぐ至高の物語。

●最新刊
ふり返るな　ドクター
研修医純情物語
川渕圭一

一患者たった1分の教授回診、患者に聴診器すら当てぬ医師。脱サラし37歳で医者になった佑太は、大学病院の現状に驚く。そんなある日、教授が医療過誤を起こし……。リアルで痛快な医療小説。

●最新刊
ひとりが好きなあなたへ
銀色夏生

ひとりが好きなあなたへ　私も、ひとりが好きです。人が嫌いなわけではないけど、ひとりが好き。そんな私からあなたへ、これは出さない手紙です。写真詩集。

●最新刊
大阪ばかぼんど
ハードボイルド作家のぐうたら日記
黒川博行

連戦連敗なのにやめられないギャンブル、空恐ろしい妻との尽きない諍い、ストレス性腸炎やバセドー病を発症して軋むカラダ……。ミステリー小説の名手が日々を赤裸々に明かすエッセイ集。

幻冬舎文庫

●最新刊
茨の木
さだまさし

父の形見のヴァイオリンの製作者を求めて、イギリスを訪れた真二。美しいガイドの響子と多くの親切な人に導かれ、辿り着いた異国の墓地で、真二が見たものは……。家族の絆を綴る感涙長篇。

●最新刊
私の10年日記
清水ミチコ

「フカダキョーコに似てますね」になぜか逆ギレ。誰も知らないホーミーのモノマネにトライ。三谷幸喜さんの誕生会で激しく乱れる。どこから読んでもきっぱりすっきり面白い、日記エッセイ。

●最新刊
竜の道(上)(下)
白川　道

兄は裏社会の支配を目論んだ。弟はエリート官僚の道を進んだ。表と裏で君臨し、あいつを叩き潰す——。修羅の道を突き進む双子が行き着く先は？　息苦しいほどの命の疾走を描いた傑作長編。

●最新刊
悪の華
新堂冬樹

シチリアマフィアの後継者・ガルシアは仲間に裏切られ、家族を殺された。復讐を胸に祖母が生まれた日本へ。金を稼ぐために極道の若頭・不破の暗殺を請け負う……。凄絶なピカレスクロマン！

●最新刊
ポン女革命！
ニッポン女性を、タフに美しく進化させる、179のスローガン
蝶々

現代的でタフな日本の女性「ポン女」。素敵だし頑張ってるのに、心が満たされないポン女に必要なのは、「勇気・恋心・胆力・母性・生命力・第六感・女力」。7つの力を引き出す珠玉の言葉集。

幻冬舎文庫

●幻冬舎時代小説文庫
関東郡代 記録に止《とど》めず
家康の遺策
上田秀人

神君が隠匿した莫大な遺産。それを護る関東郡代が幕府の重鎮・田沼意次と、武と智を尽くした暗闘を繰り広げる。やがて迎えた対決の時、死してなお世を揺るがす家康の策略が明らかになる！

●幻冬舎時代小説文庫
酔いどれ小籐次留書 新春歌会
佐伯泰英

おりょうの新春歌会を控え、忙しい日々を送る小籐次は、永代橋から落下した職人を救う。だが、男は落命。謎の花御札を託されたことから、唐人も絡む大事件に巻き込まれる。緊迫の第十五弾！

●幻冬舎時代小説文庫
大わらんじの男（一）
八代将軍 徳川吉宗
津本 陽

紀州藩主徳川光貞の四男・新之助。庶子でありながら天与の武勇と慈愛に満ちた言動で家臣の信頼を得ていた彼は、家臣の密謀で人生最大の転機を迎える。八代将軍吉宗の激動の生涯、第一部！

裏松本紳助
島田紳助
松本人志

島田紳助と松本人志が、同時にかかってしまった「おもろない病」とは？ 2人の異才が、仕事や恋愛について縦横無尽に本音で語り尽くした、伝説のテレビ番組「松本紳助」の文庫化第2弾。

●幻冬舎よしもと文庫
3月30日
千原ジュニア

27回目の誕生日、僕はバイク事故で死にかけていた――。「もう一度、笑いたい。絶対に」。千原ジュニアが、挫折、失恋、死の危機の中で感じた仲間への感謝、笑いへの渇望を綴った自伝的小説。

若頭補佐《わかがしらほさ》 白岩光義《しらいわみつよし》 東《ひがし》へ、西《にし》へ

浜田文人《はまだふみひと》

平成23年4月15日　初版発行
令和2年10月20日　4版発行

発行人――石原正康
編集人――永島賞二
発行所――株式会社幻冬舎
〒151-0051東京都渋谷区千駄ヶ谷4-9-7
電話　03(5411)6222(営業)
03(5411)6211(編集)
振替00120-8-767643
印刷・製本―中央精版印刷株式会社
装丁者――高橋雅之

幻冬舎文庫

ISBN978-4-344-41657-4　C0193　は-18-4

幻冬舎ホームページアドレス　https://www.gentosha.co.jp/
この本に関するご意見・ご感想をメールでお寄せいただく場合は、
comment@gentosha.co.jpまで。